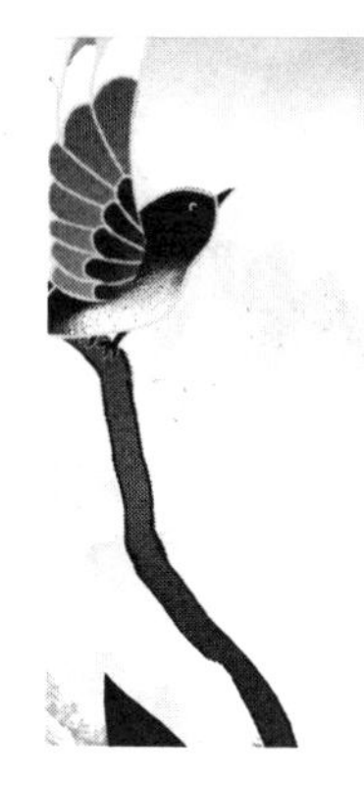

总有喜鹊待人来

李汉荣 著

北京联合出版公司
Beijing United Publishing Co.,Ltd.

序

喜鹊

“喜鹊”这名字真是起神了。见多了天底下的鸟，就发现只有这喜鹊该被叫作“喜鹊”，不信，你试着把斑鸠叫喜鹊，它不像，它像个老学究，且是那种“述而不作”的学究，一年四季都在“注释”，说起话来也是咬文嚼字没有新意，更没有一点喜气；设若古人一开始就把麻雀叫“喜鹊”，那么后人是会更正的，它叽叽喳喳，总像在议论鸡毛蒜皮，从它嘴里，好像听不到什么“喜”；燕子不能叫“喜鹊”，它太劳碌；白鹤不能叫“喜鹊”，它太高傲。

喜鹊，只能是这一种，只有它才是喜鹊。

它说话节奏很快，嗓音清亮直率；羽毛黑里透白，一点严肃被轻盈的亮色冲淡；尾巴长长的，礼服是大了一些，看这装束，不正是旧时代那些主持喜庆仪式的文雅秀才？

它更像一个能说会道的小媳妇，很真诚，又有点口无遮拦，心里藏不下什么秘密，总要抖出来才能安静地过夜。新巢筑起来，它报喜；亲人回家了，它报喜；分娩了，它报喜；孩子满月了，它报喜；孩子分家了，它报喜；春来了，它报喜；立秋了，它报喜；天冷了，它报喜；下雪了，它报喜；它终于老了，它报喜；它不能再向大家报喜了，它仍然拖着老迈浑浊的嗓子，向大家最后一次“报喜”，不过，有经验的老人却伤心起来，他们听出了不祥。几天以后，林子里或原野上，人们会发现一具喜鹊的遗体，原来，那最后一次“报喜”，是它在向大家告别呀。

望着槐树上那空空的鹊巢，老人的心里也空空的。不过，想起喜鹊不忧生、不惧死的一生，老人忽然有了顿悟，心里升起一种达观知命、超然于物外的宁静。

终于，鹊巢里又有喜鹊了。在充满忧患和焦虑的日子里，它减轻了我们灵魂的负担。虽然，风雨经常袭击它的小屋，饥饿和孤独总是与它伴随，雾霾、毒药、天敌时时窥视着它，危险来自四面八方。喜鹊，你这纯真的鸟儿，你继承并保存了乐天的性格，你相信只要天空还有白云和星光，生活就不会总是灰色的。你不停地报喜，你似乎相信，只要不停地重复这古老的信念，天上地下，树上树下，总会好一些的，至少不那么太糟……

目录

01

我在仰望，一个正在老去的人，如今回过头开始仰望他早年的神话。

牛背上的日落 002

野　地 006

堂哥李自发和牛 010

五泉山 013

柳条帽 016

柳木桥 019

蝴　蝶 022

槐树记 026

城市鸡鸣 037

在篱笆的那边 041

老屋后面的溪流 044

我们的祖先 048

万物有灵 052

猪的赞美诗 058

田园的根系 085

一群傻瓜在菜地里睡眠 095

02

人不一定还能变成人，草一定还能变成草。

柳木菜板 100
磨的幻象 105
凝视时间
——写在考古博物馆 108
屋 檐 117
草 墩 119
拌 桶 128
采 青 131
风 车 136
老花镜的看 139
香台的守护 142
木格花窗的眺望 146
手磨：日月的节奏 149
棒槌：河流的尤物 151
蒲扇：自然的手掌 156
绣花针：民间的美神 158
细节：有关火柴的记忆 162

03

在片刻的走神里，我竟有了今夕何夕、人生如梦的恍惚而深远的感觉。

谢家桥 178

凤凰山 182

懒人坪 185

原公镇 189

二里河 191

古路坝 193

倒淌河 196

连二三弯 198

屋 顶 201

野 风 204

田埂儿 206

金色的海 209

大地湾的药草 211

农家坡，农家婆 215

童年，那塔，那庙 218

04

现在，他们都躺在这里。这一躺，就注定要永远躺下去。

想念小村 222
炊　烟 226
溪　流 233
登　顶 237
辜　负 243
星　夜 246
水中月 249
归巢感念 254
父亲的露珠 261
祖辈的信仰 268
千古岁月 275
故乡在何处 285
故乡的消逝 291
太阳几竹竿高 295
一个古老村庄消失的前夜 299

01

我在仰望，一个正在老去的人，

如今回过头开始仰望他早年的神话。

牛背上的日落

那是沿着一头牛脊背的弧度
落下去的温柔弧线。

一

我曾经骑在黄牛背上看故乡的日落。时至今天，几十年过去了，我在任何地方看落日，都觉得唯有童年的那个落日最圆，落得最慢，落下去的弧线也最好看、最有诗意——那是沿着一头牛脊背的弧度落下去的温柔弧线。

二

我骑在牛背上，走在故乡原野，一只紫色燕子降落在我八岁的肩上——它误以为我是牛背上刚刚生长出来的春天的一株小柳树（而我是熟悉并喜欢它的，它是我家屋梁上的燕子）。我静静地接受它温柔的站立。这美丽的邂逅，使它在我肩上站立达一分钟之久。那短暂的一分钟，是我比许多人的一生里多出的奇异的、不可思议的一分钟。即使我的一生都是失败的，但有了这最天真、最纯洁、最美好的一分钟，我的生命依然值得肯定，因为，曾经，有一分钟，我的生命完全变成了一首诗。

三

在我不认识几条路的时候，我放牛，我跟着牛走，牛准确地领我到达青草最茂密的山梁，牛吃草，我就站在高高的山上遥望故乡。后来，我离开了牛，离开了故乡，我再也没有到过那座山岗——此刻，透过城市的雾霭，穿越岁月的失地，我久久仰望我的童年和我的牛——我看见，他们还站在当年的山岗，久久眺望着我，眺望着他们的后来。

四

我曾经用大人的鞭子打过牛，在布满伤痕的牛身上，我又制造了细小的红肿。那痛上的痛，引起一头牛的战栗和它对一个小孩的吃惊。那一刻，我多多少少加剧了世界的痛感。但是，忠厚的牛很快原谅了我，与我和好如初。后来，这头可怜的牛老了，不能拉犁了，人们杀死了它，我们就吃掉了那头老去的牛的最后一点肉，包括它的肉里藏着的那些痛，都被我们吃掉了。似乎，我和一头牛的关系早已了结了，然而，几十年过去了，我心里仍深藏着对一头牛的一份愧疚——那头牛，它没有丝毫对不起我的地方，而我，却是实实在在对不起它。

五

我八岁时，放了两个月牛。我感到牛的本领比我大多了，我不认识的路牛认得，我跟在牛后面，准能找到青草茂密的山湾，在大地湾，我看到了我一生里见过的最好看的草坡和春光；我不敢爬的坡牛敢爬，牛用它结实的尾巴拉扯我爬上山梁，在凤凰山山顶，我到达了我童年最高的海拔；我不敢走夜路牛就给我壮胆，它走一会儿就“哞哞”喊几声，把密集的星星都喊到了我们头顶，月亮就挂在它弓一样的犄角上，一路都打着灯笼为我们照明。

六

我觉得牛唯一的缺点是不太讲卫生，走到哪里都要在地上拉些或稠或稀的牛粪，就像我长大后看见有人到了一个地方就要写上“到此一游”以示留念，我曾建议牛改掉这个缺点。但是，后来我明白了，那不是牛的缺点，实在是牛的优点和美德：牛不愿意将珍贵的牛粪固定存放在一个地方——

在牛的心里，它一定认为它到处吃了那么多可口芳香的青草，才酿造了肚子里的这些宝贝，它既不能私藏，也不能浪费，它要均匀地返还给它曾吃过草的一切地方，让它们都变得肥沃，多生些草木，多开些花朵，多长些庄稼，算是它对吃过草的地方的报偿。

七

当我在几千里之外的地方旅行，看见这里的商店也在卖着我家乡出产的“巴山美味牛肉干”，心里就会“咯噔”一下，涌起难以名状的心绪。也许，我的乡亲们放的那些牛，我小时候放过的那些牛的后代，说不定，就装在这些密封的塑料袋子里。一头头牛，它们生前足不出山，死后却驰骋万里，以“美味”的方式，改变着人们的口感，并深入他们的身体。牛在死后得以漫游天下，这是不幸的牛比人幸运的地方：人死了，立即埋进土里，彻底消失；牛死了，却漫游四方，被万人分享。假若“万物有灵”这古老的信仰是真的，那么，牛的灵魂已遍布天下，驻扎在所有人的身上。

野 地

是子夜了，
月亮悄悄地升起来，
月光把野地镀成银色。

野地并不很野，就在城的郊外。

在随便什么时辰，对城市作一次小小的逃亡，到野地去呼吸，去想些什么或什么也不想，就一心一意感受那野地，是我的一门功课。

野地有很多树。柳树、松树、槐树，还有叫不出名字的灌木。不是成材林，也非防风林，结出的果子也不能食用，是一片无用的杂木林。它安于它的无用，保全了自己，也保全了这一片野地，在我眼里，它是这般有了大用。它不仅供给我清新的空气，也免费让我欣赏鸟儿们的音乐会，且是专场，聆听、鼓掌都是我一人。黄鹂的中音，云雀的高音，麻雀的低音，布谷鸟抑扬有度的诗朗诵，报幕的是斑鸠，清清朗朗的几句，全场顿时寂静，接着出场的是鹦鹉，不像是学舌，是野地里自学成才的歌手；路过的燕子也丢下几句清唱，全场哗然；喜鹊拖着长裙出面了，它像是不大谦虚也不留情面的音乐评论家：“叽叽喳喳！”它是说“演出很差”？于是众鸟议论纷纷，议论一阵就暂归于寂静，奖金是没有的，午餐补助从古至今就没领过。它们四散开去，各自找自己的午餐。

林子的外面长满了草，招引来三五头牛或七八只羊。牛有黑有黄，羊一律的白。羊口细，总是走在前面选那嫩的草，那么认真地咀嚼着，像小学生第一次完成作业。我抚摸一只小羊的犄角，它做出抵我的样子，眼睛里却是异常的天真温良，它是在和我开玩笑，那抵过来的角，握在手里热乎乎的，它一动不动地让我握着，我们彼此交换着体温和爱怜。我顺手递给它一株三叶草，又握了握它的角，说了一声“好孩子”，却再也说不出下面的话，因为我忽然想起了我穿过的那件羊皮袄。我觉得我对不起这些可爱又可怜的羊，它们是多么纯真的孩子啊。正想着，那头大黑牛走过来，它埋头吃草，就像我埋头写诗，都是物我两忘的境界。一个小土坎它却爬得很吃力，我这才发现它是怀孕的母亲，脖颈上有明显淤着血的疤痕，怀孕期间它仍在负重拉犁？

我走过去，急忙牵起缰绳拉它一把，它上来了，感激地望着我，我看见了它眼角的泪痕，我向它点点头，示意它快些吃草，祝福它身体健康、分娩顺利，一路平安。我的心里多少有点苦涩，贴近哪一种生命，都觉得它们很美丽，也很苦涩。我终止了我的联想。我看见，远处那黑牛，仍不时地抬起头望我……

野地的边缘有一小块瓜菜地。包包菜一层一层包着自己内心的秘密，像一位诗人耐心地保存着自己最初的手稿。芹菜仍如古代那么质朴，青青布衣，是平民的样子，也是平民的好菜。红萝卜，用通红的小手在霜地里找啊找啊，在黑的泥土里它总能找到那么鲜红的颜色。南瓜不动声色地圆满着自己，据说南瓜在夜晚长得最快，特别是在月夜，那么它一定是照着月亮的样子设计着自己，它把月光里的好情绪都酿成内心里的糖。西瓜像枕头，却无人来枕它做梦，我就睡在这枕头上，果然睡着了，梦见我也变成了一个西瓜，在大街上乱滚，差点碰上了钢铁和刀子，于是我又返回到野地，我掐一掐自己，想尝尝，却感到了痛，于是我醒来，看见西瓜仍然自己枕着自己酣睡。

这时，我隐隐听见了水声，野地的前方是一条河，我看见它微微露出的脊背，白花花的脊背，它摸着黑赶路。是子夜了，月亮悄悄地升起来，月光把野地镀成银色。星星们把各种几何图案拼写在天上，地上有几处小水洼，临摹着天上的图案，也不注意收藏，风吹来，就揉碎了。恰好有几片云小跑着去找月亮，月亮也小跑着躲那些云，云比月亮跑得快，月亮终于被遮住了。

星光照看着野地，有些暗，但很静，偶尔传出几声蝈蝈叫，我能听出它们的雌雄……

堂哥李自发和牛

他最有意思的事，
是他年年都要为牛过生日。

堂哥李自发，已去世多年，他在世的时候，我还小，不太懂事，对他有些印象，但不曾往深处想，觉得他就是个一般的人。如今我已活到他在世的那个岁数，终于懂了些事，回过头想些旧人往事，就时常想起自发哥，觉得他是个很有意思的人。他最有意思的事，是他年年都要为牛过生日。

自发哥养了一头黑牯牛，个子高高的，很壮实，走路的样子极威风，好像认定了一个值得专心奔赴的目标，好像要去做一件极其重要的大事。它的步子很稳很有力，我们放学路上遇到它，总是赶紧提前让路，怕挡了路惹它发脾气。其实呢，它却比我们更提前靠向路边，主动为我们让路，它在另一边走着它那很稳的步子。我很自然地对这所谓的“畜生”有了好感，觉得它是懂道理、有感情的。

我也见过自发哥用它犁田的情景，自发哥跟在牛后面，一手扶着犁把，一手举着鞭子，那鞭子只是一根青竹条，并不打牛，时扬时放，倒像我后来在电影上看见的音乐指挥手中的指挥棍，在为他哼着的牛歌打拍子，那歌词我至今还记得几句：“牛儿牛儿莫嫌苦，我扶犁来你耕土，五谷丰登忘不了你，青草任你吃，豆浆喝个够；牛儿牛儿莫嫌累，你耕土来我扶犁，自古百姓离不开你，太阳在看你，月亮在夸你……”牛歌很长，调子是固定的，歌词即景而编，脱口而出，有夸奖牛的，有批评牛的，有说田园景色的，有说村里趣事的，有说古今传闻的，幽默风趣，边唱边续，越续越长，就像田垄和阡陌，不断延伸。那牛似乎听得很入迷，随了歌的节奏迈着起承转合的步子，卖力地拉犁。歇息的时候，它站在犁沟里，有时也“哞哞”几声，好像觉得听了主人那么多好听的歌，也想唱一首表示回敬，但却不成腔调，于是刹住，头低着，沮丧的样子，感到对不起人。

到了冬天，记得是腊月初，这一天是牛的生日，自发哥就在牛脖子上系条红布带，让牛吃最好的草料，招待它吃麸皮，喝豆浆，还要放一挂鞭炮，牛圈门上贴着红纸对联，记得有一年的对联是：种地不负天意，吃粮谨记牛恩。横批：感念生灵。

这一天，再忙也不让牛干活，让它彻底休息，自发哥陪牛晒太阳，为它梳理卷曲的毛，擦洗牛眼角的眼屎。我不能得知牛到底知不知道这一天是自己的生日，但是能看出来，这一天，牛是高兴、温顺、满足的。四季辛劳，牛总算过了个干干净净、安安闲闲的日子。

五泉山

那是他们最后一次的拥抱和话别。

我和几个小伙伴，刚上小学，却动了个大胆念头，要探索这绕村的溪流到底是从哪里流过来的。

我们沿溪行走，一直走到后山湾，溪流在山涧渐渐变瘦，拐一个弯，有水声叮叮响，我们闻声寻去，就看见斜坡上，一片湿润花草中间，有一眼泉，在不停吐着水波，好像地下藏着一个人，一口一口地往外吐水；再拐几个弯，半崖上，草丛里，又出现一眼泉，我们发现了五眼这样的泉。我们感到奇怪，这些看不见的人，他们喝了多少年？喝了多少水？他们什么时候才能把以前喝下去的水吐完呢？当然我们心里又害怕他们把水吐完，吐完了，溪流就没了。

我们完成了对土地的第一次探险，沿溪流返回村子，回到家，告诉大人，我们知道溪流是从哪里来的了。

我母亲说：你们去的那个地方，就叫五泉山哩。

父亲还给我们讲了一个故事：很久很久以前，天下遭了大旱，多半年没下雨，河干了，井干了，树死了，庄稼死了，鸡鸭死了，狗死了，村庄的人们眼看都要渴死饿死了。这时，有五个兄弟，据说是神仙的后人，对天发誓：救天下，是天职，不然，上愧天神，下愧生灵，枉来人世。活着，没脸面做人，死了，没资格做鬼！

发完誓，五兄弟就各朝着五个方向走了，他们要到远方，到天边，一人找到一条河流，把那里的水，引到遭大旱的地方。

在几万里之外，五兄弟一人找到了一条河流，他们跪在河面前大哭，感激地母苍天。

可是这么远的水，如何能引过来呢？

地母被他们感动，就在他们返回的路上，为五兄弟裂了五个地缝，走一步，前面就裂开一截，再走一步，又裂开一截，他们顺着地缝各领着一股河水向出发的方向走。

五兄弟在地下五条地缝里，领着水走啊走啊，沿途的旱地被地缝里渗漫的水浸湿，就长出五颜六色的花草树木庄稼，生灵和百姓都沾了福气。他们经过的地方，就叫作五仙坝、五道岭、五虹山、五子崖、五丈原、五郎坪、五娃滩、五福沟……这些地名，有许多现在还被人叫着，在地图上也能找着。

在几万里的地缝里不停走着，五兄弟又累又憋，险些累死憋死，如果倒下，水就会停下来，于是他们嘴里含着水跑啊跑啊，身后的水也不停地跟着他们跑。

当他们憋着最后一口气，快到家乡，就要钻出地面的时候，忽然记起河神的告诫：如果他们走出地面，说明他们对河神不敬，河水就会立即照原路倒淌回去，他们的功夫就白费了，他们的故乡和他们沿途走过的万里之地，就要遭灭绝之灾。

在离地面很近的地方，五兄弟很想钻出来看最后一眼，但他们怕身后的地缝合拢、流水倒淌回去，就各自从地缝里喷出口中的水，五口水在半空中汇聚在一起，那是他们最后一次的拥抱和话别。这时，天上响起一阵雷声，大雨从空中倾泻而下，久旱的土地终于盼来上天降落的甘霖。

然后，五兄弟平静地躺在各自的地缝里，变成五条龙，龙尾连着万里之外的五条河流，龙头朝着故乡的土地，不停地吐着清亮的水。

父亲说，这就是五泉山的来历。

柳条帽

杨柳岸上，几个小小少年，
头戴柳条帽，冒充八路军，
招摇着春天授予他们的青翠桂冠，
发起了对世界的第一次袭击。

农历四月，春末，天很热了。放学后，我和小伙伴常常近路不走专走远路，绕开机耕路，抄小路走到河边，沿河堤慢走或疯跑，满河堤密密垂挂、徐徐飘舞的柳条儿，拂着我们汗津津的脸，凉丝丝的，还有一股柳树的香味，弥漫在空气里。这时候，我们这些野孩子，除了肩上挂着书包，嘴里发出愉快的喊叫，与头顶的小鸟、身边的草木，简直没有什么两样：无尘无垢无欲无念，只有一颗单纯透明的心，在天空下飞翔。

柳条轻拂着我们的头和脸，仿佛在提醒什么，对了，电影里八路军不是就戴着柳条帽，在原野、在江边，与敌军周旋和战斗吗？于是我们无师自通，学会了柳条帽的制作。我们把簇拥在我们身边的亲爱的柳条，轻轻折下来，粗细搭配，纵横编织，纵也是春天，横也是春天，我们把春天编织成椭圆或浑圆的造型，然后，我们把春天戴在头顶。我们酷似小八路了，八路怎能不战斗呢？于是我们开始战斗。河对岸隐约的狗叫声报告了敌情，那里可能有“鬼子”！我们投入了渡河战斗。喜娃和小明冲过木桥快速包抄，我和云娃从渡口涉水上岸袭击，到了对岸，走出那片柳林，却发现花木掩映着一户人家，一条白狗在门前愤怒地汪汪抗议我们这些不速之客。这时候我们忽然有了惊喜的发现，门口站着的那个穿粉红衣服的女孩，不正是我们班的“班花”吗？此时才知道她家原来是住在这里，与我们仅一河之隔。她看着我们的披挂，笑得差点喘不过气了。她父亲从屋后果树上摘下一竹篮杏子和李子款待我们，友好地说：赶这么远来看我们，还要过一条河，真不容易哩，你们都是好孩子。

吃了杏，尝了李子，我们参观了她家门前菜园和屋后果园，太阳快落山了，我们告辞，她和她父亲一直送我们到河边，那可爱的白狗走在前面为我们领路，不停摇着尾巴，我们到达河对岸，他们还在向我们招手，那狗就坐在草地上，定定地望着我们。我们穿过柳林，已经看不见他们了，还听见狗汪汪叫了几声，又叫了几声，显然是在向我们话别。

几十年过去了，那情景依稀还在眼前：杨柳岸上，几个小小少年，头戴柳条帽，冒充八路军，招摇着春天授予他们的青翠桂冠，发起了对世界的第一次袭击，最终，假装的袭击变成了一次美好的访问，春天，接待了意外降临的他们。这也就是说：春天接待了春天……

柳木桥

低下头，
我寻找喜娃留在桥上的痕迹。

站着是树，倒下是桥，就是这柳木桥。

稳稳横过急流，波浪不服气地喊叫着，水花打湿你的肌肤。

一身都是水淋淋的，也许，一生都是水淋淋的。

狗怯怯地走过去，寻找对岸的朋友。

猫急急地跑过去，捕捉远方的消息。

牛颤颤地晃过去，鉴别两岸的春天是不是同样的味道。

老鼠慌慌地窜过去，争取更多一些生存的机会。

也有那小小蚂蚁，不顾覆灭的危险，排着长队，飞渡这激流上的泸定桥。

我也加入这过桥的队伍，一次次从桥上走过去，又走回来。

有时是随了大人到远处山上采青，有时是与小伙伴到对岸采猪草，也有时，什么都不做，仅仅是过了桥，钻进对岸的柳林，然后高喊留在桥那边伙伴的名字，我喊：喜——

娃——，喜——娃——。喜娃拖长声音回应：哦——我——在——这——里——

于是河的两岸回荡着悠长的童声：哦——我——在——这——里——

那声音经过河风的抚摸和过滤，变得有些潮润，有点像女孩的声音。但那肯定就是喜娃，就是憨厚善良的喜娃发出的声音。

喜娃家是地主成分，他的父母经常被批斗。他偷偷将家里藏的书借给我读；有时，喜娃家改善生活，他会把一个温热的蒸馍揣在怀里送给我，我家改善生活时，我就偷两个粽子送给喜娃。我们用这微薄的心意创造着童年伟大的友谊。

现在，喜娃站在河的对岸发出悠扬的喊叫：我——在——这——里——

我不再呼叫喜娃的名字，我回答喜娃：我——在——这——里——

不知道喜娃听到的我的声音是怎样的声音，是不是也有些潮润，有点像女孩的声音？

我忘了问喜娃。我不知道穿越一条河流之后，我的声音是否会被河流修改？河流的插话会不会使我发出的语言变得含混？河风会不会让我的声音转弯、走调？喜娃听见的我的声音，真的就像我发出的声音那么喜悦、那么清澈、那么认真吗？

我忘记了问喜娃。

我再没有机会问喜娃了。

有一天黄昏，喜娃一人在河里游泳，淹死了。

我一趟趟在柳木桥上走过来走过去，想看见喜娃突然从柳林里跑出来。

低下头，我寻找喜娃留在桥上的痕迹。

我看见柳木桥上嫩绿的柳芽。

树倒下这么久了，它已经变成木头了，但它仍然在发芽、生长。

树是这样，人呢，人也会这样的吧？

我相信喜娃到另一个地方仍会生长。

多年以后，回到故乡，我来到小河边，柳木桥已不见了，让我欣慰的是，两岸的柳林仍葱茏着记忆里的风景。

我想起了喜娃。

我特意过了河，在对岸柳林里，找到当年喊喜娃的地方，模仿童年时那拖长的音调，高声喊：喜——娃——喜——娃——

但是除了河水的声音，我没有听见应答。

我久久地坐在河边，忽然听见柳林深处飘来隐约的童声——

哦——我——在——这——里——

蝴　蝶

我认为蝴蝶是唯美主义的族群，
生得纯洁，死得唯美。

从一朵花到另一朵花，从一个梦到另一个梦，从一个王朝到另一个王朝——你是梦的搬运者、诗的酿造者、春天的幻想家和浪漫诗人。

那么单薄，除了薄薄的羽翼，几乎再没有多余的身体，就像梦没有多余的物质载体，梦就是你的全部家当。

你对美的崇拜，超过人对真理的崇拜，人总是背离真理甚至亵渎真理，转而极度迷恋自己的贪欲，自己之外或自己的私欲之外，再无值得投奔的圣土。而你，一生都在寻美，直至殉美，为美而死。

有一种蝴蝶，名叫帝王蝶，它们为这个星球创造了一个足以震撼所有生命的生命传奇——每年冬天到来之前，数百万只帝王蝶集结成浩荡队伍，从加拿大出发，飞越崇山峻岭，横渡浩瀚大西洋，迁徙到墨西哥和古巴的温暖山谷里越冬、产卵，途中被海浪和风雨吞噬了许多，少数幸存的蝴蝶，也没有一只能独自完成这壮丽的迁徙，要经过五代蝴蝶的不间断接续，才能走完全程到达目的地，它们产卵之后，不久即死去。而次年春天出生的年青一代蝴蝶，并不像鸟类有父母养育和领路，它们没见过自己的父母，它们全凭铭刻在基因里的记忆，循着地球磁场的导航，回到当初它们先辈生活的地方。然后，又在冬天到来之前，飞渡大洋，返回父母越冬、产卵之地，迁徙里程竟达到四千公里以上！途中，它们只能在茫茫大洋寻找岛屿作短暂歇息，主要靠自己血脉里的意志和连续滑翔的本领，经过数代蝴蝶九死一生的冒险接力，最终飞抵遥远的目的地。就这样，它们重复着上一代蝴蝶的生命历程，穿越奔腾的大洋，延续生命的传递。更令人惊奇的是当它们回到“蝴蝶谷”，回到先辈的产卵之地，每一只蝴蝶都能准确地降落到它们从未见过面的它们的先辈生前曾经栖身过的那一棵树上——想想看，这是怎样令人震惊的情景？在我看来，它们冒死延续的已不是一个物种的生存，它们是在延续爱与美的奇迹，延续关于生命的悲壮寓言。

在人类之中，敢于把唯美主义理想坚持下来的人实在太少了，英国的唯美主义诗人王尔德算一个，但他曾因罪入狱，唯美得并不彻底；唐朝的李贺算一个，但他唯美得很忧郁，只活了二十七岁就死去了。还能举出的是林黛玉，她唯美，纯情，但很伤感，且多病，也夭折了；当世的童话诗人顾城据说是唯美的，但后来疯了，杀妻后自杀。想再举几例，一时想不起来，想起来的也多以悲剧告终。可见在艰辛人世，活下来已属不易，唯美更是大不易。

而蝴蝶个个都是唯美主义者，我认为蝴蝶是唯美主义的族群，生得纯洁，死得唯美——唯美，在它们那里不是奢侈，不是理想，不是仪式，更非作秀和表演，而是一种传统，一种天性，一种美德，一种与生俱来的生命美学，一种常态的生存方式。我们何曾见过一只为了坚持唯美主义而抑郁或自杀的蝴蝶?

也许，人太复杂，太浑浊，太贪婪，太累赘，负载的历史垃圾和杂念太多，背离率真、简单的天性越来越远，私欲太甚，妄念太多，因而难以返回简单和纯粹。

其实，唯美主义就是简单主义。“天使之所以能够自由飞行，是因为身上不带黄金。”你看蝴蝶，并不需要什么行囊，就那天赐的单薄羽翼——就那轻盈的梦的船帆，一代代万死不辞，飞渡时间的沧海，赶赴春的约会。即使九死一生，也要以一生赴九死，赴万死。终于与春天相会了，悲欣交集，悲欣交集！其悲其欣，何其壮美。

只要能与无言的天地之美撞个满怀，虽九死而不悔，虽万死而不辞——这大约就是蝴蝶王国的“唯美宪法”。

此刻是下午，院落寂静。忽然，一只蝴蝶飞过我的窗口，我急忙走出门，想看一眼那只蝴蝶，并向它表示问候和致敬——然而，它已飞过院墙，倏忽不见。

今生，我是再也见不到那只蝴蝶了。

槐树记

我在仰望，一个正在老去的人，
如今回过头开始仰望他早年的神话。

我小的时候，老家门前的这棵槐树也还小，比我高不了多少，我把它当作我的哥哥。

虽然我有哥哥，但不大像哥哥，到底为什么觉得他不像哥哥，我说不太清楚，当时的感觉是他在我心里引不起温暖亲切和可以依靠的感觉。当然，他也小，他可能也在心里盼望温暖亲切和可以依靠的感觉，我不能责怪和埋怨他。我想，我作为弟弟，算是有哥哥的人，心里尚且空落，他这当哥哥的，尤其是当大哥的，他把哥都当到顶了，前面再没有一个可以被他称为哥哥的人了，也许他还在心里埋怨：我为什么是他的弟弟，而不是他的哥哥呢？他又能指望依靠谁呢？我就没有理由怪他了，反而对他这个没有哥哥的人产生了同情。

尽管如此，我的心里还是寂寞和寒冷，我想，世上应该有更好一些的哥哥吧。

但是，哥哥是不能随便得到的，不是想有什么样的哥哥就有什么样的哥哥，也不能在人群里喜欢上了一个好哥哥样子的人就把人家当作你的哥哥，人家也不一定愿意当你的哥哥。

一个没有哥哥的人，是孤单的，有了哥哥却如同没有哥哥似的，是更孤单的。因为没有哥哥你还可以想象，假如有了哥哥可能会是一个很好的好哥哥吧；有了哥哥而哥哥不怎么样，你连对好哥哥的想象都不会有了。

就这样，我爱上了门前这棵槐树，我把它当作我的好哥哥。

它的个子比我高出一头，我就想，它该比我大一岁吧，就算大两岁吧，大两岁就比我懂事，比我有主见，比我会关心人，也自然就会关心我。于是，我就有了一个比我大两岁的好哥哥。

早上起来，我首先跑到槐树跟前，站直身子，与我的好哥哥比个子，看谁长得快，我自然是比不上槐哥的。过了两天，它又比我高出半篦片了。但我不嫉妒它，哥哥嘛，就应该比弟弟高。槐树呢，一点也没有高我一头的得意忘形，它静静地站在我面前，说：别急，有苗不愁长。

放学回家，我就把书包挂在槐树的一根粗枝丫上，那时书包不重，里面就是两三本课本、几个作业本，本来我也可以不让它背，但我是这样想的：我比它小，我都上学了，槐哥却不能上学读书，它背上书包，也就成了身背书包的小学生了。我的哥应该比我有文化啊。但我又担心，槐哥肩膀嫩，我怕压伤了它，也怕影响它长个子，每天就让它背一会儿书包，就像走在上学路上的样子。然后取下来靠在它的根部，我让槐哥靠近书包里的文化。

我在树下念书的时候，槐哥很安静地听着，不发出一点吵闹的声音，比班上那些同学还懂得宁静致远的道理。我相信我背诵的那些文章和诗歌，槐哥也会背诵。我背“离离原上草……”槐哥一边默诵，一边身子就动了动，它是按照诗的节奏在“离离”地往上长哩；我背“两个黄鹂鸣翠柳……”槐哥的叶子也在风里念念有词，槐哥头顶果然就出现两只黄鹂，说明它真在背诵哩，鸟是最能听懂树的话语的，黄鹂听见树在喊叫黄鹂的名字，黄鹂就飞来了。我读毛主席的教导“好好学习，天天向上”，槐哥果然就猛长了一头，高出我许多，“天天向上”我是念在口上，槐哥可是记在心上，表现在身上。毛主席呀毛主席，你可知道乡村里我有一个槐哥，是最听你话的好孩子。

写作文的时候，我一定是在槐哥身边才写得又快又好。槐哥的安静让我很快就安静下来，世上的事，除了唱歌表演，大部分事情都必须是在安静中才能做好，没有一个学问家、思想家、哲学家、科学家是在吵吵闹闹中工作的。我父亲种地，也是安安静静的，父亲说，吵闹和嘈杂，会让种子受惊，会伤了土地的元气。那时候我并不知道这么多，但我喜欢槐哥的安静，安静里，一定有天宽地阔的心境；我还喜欢槐哥的单纯，就那么一身绿色，一身清爽，顶多还有几声鸟叫，一弯素月，却怎么看怎么好看，怎么读怎么耐读，这不就是上好的文章吗？我坐在树下，总是文思泉涌，有时思路不畅，我就绕树转几圈，仿佛围绕真善美的中心，围绕诗意的中心，转着转着，从山重水复的上文，就转入柳暗花明的下文了。我常想，我的写作老师就是我安静、含蓄、清爽的槐哥，受它的感染，我的文字也就有了一些安静、含蓄、清爽的味道。

数学口诀我总是记不住，这方面槐哥比我强多了，我背上一遍，它就记住了，而且立即就会应用和演算。加减乘除，它都精通。春天它做加法，一片绿芽加许多片绿芽，再加上几只小鸟，连续加好多绿芽、好多小鸟和一阵阵扑鼻的槐花香，再加上比母亲的蓝头巾还要蓝的天空，就求出了春天的总和；夏天它做乘法，绿叶乘上绿叶，再乘上夜晚的星星，乘上早晨的露珠——那也是它计算用的珍珠吧，就算出了丰盛的夏天；秋天它做减法，一点点减去一些叶子，身边的蝴蝶和头顶路过的大雁，也一点点减去，秋意就渐渐浓了，结果就很快出来了——霜，出来了；冬天做除法，是它最擅长的，它删繁就简，三下五除二，干净的树干，简明的树枝，遥指着天空高处的几粒星子，一眼就能看明白的“商”出来了——白茫茫的雪覆盖了大地。这时候，我也从学校领回了成绩单：语文 98 分，数学 97 分，自然常识 96 分。我也给我的槐哥打了分数，我把分数写在槐哥身上：语文 98 分，数学 100 分，自然常识 100 分。我是这样想的：我背的文章槐哥也会背，因为我是当着它的面背诵的，我做的作业槐哥也会做，因为我是靠在它身上做的，它把答案都看得一清二楚，所以它和我语文分数应该一样；数学它是满分，它是天生的数学天才，我无法和它比；自然常识它也是满分，因为它就是大自然，常识只是我们对自然的粗浅认识，而它掌握着自然的深奥秘密哩。

我在长大，槐哥在长高。我们的友谊也在加深，我常常把心里的话说给槐哥，它总是耐心地听我说，从不打断我，也不随便插话，谁能耐心听一个孤独孩子的诉说呢？在那些年只有我的槐哥。有时，它听明白了我的心事，感到它必须对我说点什么的时候，它的话总是那么诚恳温和。在风里，它把翠绿的叶子一片片展开，把写在手心的每一个字放在我的眼前，让我反复阅读。在它的语言里我看到的总是明亮、绿意、温柔和来自内心深处的芳香。而在这时候，人间的词典里开始充斥尖刻和凶狠，生活中流行着一个孩子不能理解也不能接受的粗暴语法。一个喜欢倾诉也渴望被倾听的孩子，那时几乎找不到说话的对象，我感谢我有一个好哥哥，我的槐哥，它总是静静地站在那里，等待我，随时倾听我，它那翠绿、温和的话语，随时为我展开。

我在受了委屈心里难受的时候，也曾在槐哥面前宣泄，我做得有些过分了，有几次，心里实在憋闷，就拿了裁纸的小刀，在槐哥身上划了几道口子，把心里的疼痛转移到槐哥身上，我的槐哥受伤了，但它没有喊叫，默默地承受了我的痛；还有一次，一个心肠狠毒的人欺负我，善良的人似乎总得和这样的毒心肠相遇，好像这个世界过剩的毒素总要感染你，你无法比他狠毒，那么他就会让你的心发炎，好人受气似乎就成了家常便饭，你无法让他死，你也不能被他气死吧？我对不起我的槐哥，我把气出在你的身上。那个黄昏，我用小刀子将那个我厌恶的名字刻在树上，并写下一句恶毒的话。对不起，槐哥，把那么恶劣的名字刻在你的身上，他配吗？那么臭的名字，亵渎了你芳香的骨头；那么恶毒的笔画，扎疼了你温柔的身体。刻上去之后，我后悔了，我感到对不起我的槐哥，但是我又不能用刀子刮掉，我不能让我的槐哥再一次受伤。这样，槐哥就不得不终身带着那些不好的笔画，带着那个不好的名字。后来槐哥的身子长得不是太端正，有点偏，我估计就是被那个名字、被那些不好的笔画给折磨的。

也许，槐哥心胸宽广正大，它不在乎什么名字什么笔画的，那根本不算个啥，你即使把皇帝的名字刻在它身上，它也不理不睬，它该怎么就怎么，照旧发它的绿叶，长它的年轮，写它的成长日记。它长得有点偏，可能是受了风的误导，从小河里吹来的风路过我家门前时，要转一个弯，槐哥就轻轻向右面偏了一点；也可能是受了我的影响，我小时看书，爱靠在槐哥身上，槐哥以为我要让它向那边长，就听我的话长过去了一点，就长偏了一点。

后来，我感染了一种叫“初恋”的病症，我偷偷爱上了一个散发着淡淡青草香的名字。但这是怎样开天辟地的大事，又是怎样神秘和圣洁的事，就如一个人赤着脚向着一片纯白雪地走去，既害怕踩脏了那雪地，又忍不住走向那梦境般的洁白。我是不是个不怀好意的人呢？怎么独独对人家有了留恋的念想，人家会不会骂我、讨厌我、瞧不起我？我能对谁说这事呢？这游丝般的念想就那么在心里缠绕不已，我的心里住进了上千只蜘蛛，它们都在围绕一个中心编织情感，那么认真，却又那么纷乱，无数游丝重叠交织成头绪纷繁、希望有结果却注定看不到结果的既芳香又苦涩的幸福的混乱！我对谁说呢？我不能对谁说！怀抱花粉的蜜蜂，它又对谁说呢？怀抱丝絮的蚕儿，它又对谁说呢？我必须为自己的春天保密。心，快爆炸了。在一个静静的月夜，我把心里的秘密对槐哥说了，槐哥听完了，答应为我绝对保密，不对任何人说，也不对树上过夜的鸟儿说，也不对头顶路过的月亮说，但是该怎么办，槐哥却拿不出主意，大概槐哥还没有过初恋的经历吧。这时候，我看槐哥也和我一样忧郁，它好像也陷进了初恋的烦恼之中。我明白了，槐哥愿意分享春天的秘密，也愿意分担春天的苦涩。我情不自禁地拿出小刀子，在槐哥身上刻上了那个名字，为了那个名字的安全和保密，我特地站在凳子上，在树的高处，在一年前刻下的那个丑陋名字的上面，我郑重地、一笔一画地刻上那个美丽的名字。美丽，高高地站在丑陋之上。就这样，在春天最高贵的部位，在槐哥芳香的年轮上，留下了我青春的笔迹，珍藏了我心爱的名字。槐哥，成了我初恋的纪念碑。

后来，槐哥就越长越高了，高出屋檐，高出屋顶，高出烟囱，高出柳树，高出榆树，高出杨树，高出那本来就很高的椿树，高出我青春的心跳能够触及的那部分天空。渐渐地，我只有仰起头才能看见槐哥那高高的树冠。

我知道，槐哥看见我渐渐也长高了，槐哥不愿我老是守在它旁边划一些重复的笔画，不愿我老是绕着它转圈圈，槐哥本身也看见了比屋檐和屋顶更高的天空，它也要向那里生长。树犹如此，何况人乎？我把耳朵紧贴在槐哥的身上，就听见里面哗哗流淌的血液；槐哥就在风里向我点头，招手，我懂得槐哥的意思，它是说：我们可不能停止生长哦。

后来，我就出门走了，留下了槐哥。

几十年后，我回到故乡，槐哥还健在，当年大我两岁的槐哥，如今已长成参天巨树，样子也有点苍老了，不像我哥，倒像我的祖父。面对它，我只能仰望，像仰望伟大的祖先。

但它分明还是认识我的，我站在它跟前，立即就嗅到了它内心里的清香，它是看着我长大的，我是呼吸着这清香长大的，这清香出自它的心，又深深地沁入了我的心。多少年，它就用这样的心香提醒我教育我，它一直把这纯真的香气保存在生命里，一棵树就以这样美好的方式证明着自己的存在。而人远不如一棵树这样美好，我们总是在太多的浑浊里游走、捕获，得意着和腐烂着，用人的话说就叫作成熟着和成功着；我们渐渐忘记了我们也曾经那么纯真和美好过，我们心安理得地开始了对青春的全面背叛，心安理得地向自己曾经那么厌恶、那么断然拒斥的贪婪的方向、市侩的方向、污泥浊水的方向一路滑去；我们把浑浊理解成世界本身和生活本身，直到浑浊将我们改造成另一种生物，我们向非人的方向快速进化，变得已不大像人了，但我们觉得自己不仅更像人，而且是个人物。一棵槐树以内在的芳香证明自己的存在，我们以浑浊的财富、浑浊的权力、浑浊的名声来证明自己的存在，你仔细辨认，我们的存在不是别的，我们就是浑浊本身，或是浑浊的化身和别名。

此刻，我呼吸到了槐哥内心里保存的动人的清香。我在心里叫了一声：我的好槐哥啊！如果我身上有了脏的东西，浑浊的东西，丑陋的东西，槐哥，你要斥责我，教育我，洗刷我，为我洗心，为我招魂啊。

我的槐哥不说话，憨厚地站着，站在它一直站的地方，我想，我的槐哥，已经把这片土地站成了芳香的磁场。

我这个小弟弟，如今在它的眼里，不仅没有长大，而且比当初更小了，小成了它的儿子，小成了它的孙子。

我仰望着我的槐哥，像仰望着我越来越值得尊敬的伟大祖父。

我忽然记起了多年前我刻在槐哥身上的名字，我已根本想不起那个丑陋的名字，但我牢牢记着那个美丽的名字，那个春天的秘密。槐哥，你把那个动人的名字一直藏在身上，不停地带向高处，不停地带着那个名字向天空奔跑，仿佛要把她放在月亮上，放在天上最坚固的大理石上。

我终于明白，我此时仰望的已不只是一棵树，我在仰望生命中最纯洁的部分。

在我们似乎不懂生命的时候，我们用透明的心、真挚的忧伤创造了生命最初的秘密和童话。那时候，我们站在世界的低处，我们战栗着，我们小心保存着自己露珠一样透明的心，它是如此干净，如此珍贵，如此脆弱易碎，世上找不到与它的干净和珍贵能够般配的纯真器皿保藏它，以致有多少青春的宝物都摔碎了，散落了，消失了。

所幸我的槐哥为我保存了我生命中最纯洁、最无价的部分。

一棵树珍藏着我青春的记忆，一直把它托举在蓝宝石一样的天上。

我在仰望，一个正在老去的人，如今回过头开始仰望他早年的神话。

仰望生命中最纯洁的部分。

他久久仰望……

城市鸡鸣

城市，没有抒情的鸟儿，
没有歌唱的雄鸡，
没有真正的日出。

住在城里，好久没有听到鸡叫了，大概有二十年了吧。在乡下路过或采风，是听见过几次，但匆忙来去，那鸡叫声也就零星、破碎，如同流行的手机浏览和碎片化阅读，东一句，西一字，还没看清题目是啥，更远未触及心魂，就刷完了许多页面，心里却依然空荡荡的，而且似乎比以前更空荡荡了。

而最近，我却听见似乎完整的一声声鸡叫了。鸡叫声来自小区外面的街上。我默默感激着也羡慕着那一户有自家院落的人家，他散养着一群鸡，也为我们养了一声声天籁清唱，养了内心里的一点儿乡愁和温情。

我家住八楼，声音是从低处向高处飘的，市声混杂着各种声响，但由于鸡叫声既有日常的亲切，又有着热烈的个性，所以我就听得很清楚。尤其是那雄鸡的叫声，如一个满怀激情的黎明歌手和纯真的大自然的抒情诗人，它对阳光的赞美是如此激情洋溢，它对混沌时光的大胆分段是如此富于创造性，虽是一厢情愿，却暗合了天道人心的节奏：黎明，日出，晌午，黄昏，子时，午时，寅时，卯时……它从不失信误时，在准确报时的同时，还向人间朗诵了一首首充满古典意境的好诗——雄鸡既是现实主义者，也是浪漫主义者，既有务实精神，又有超越情怀。我听着鸡鸣的声音，对照我自己，觉得惭愧得很，我要么过于拘泥现实，要么过于凌空蹈虚，无论为文或做人，都远未到达虚实相生的意境。那么，虚的灵境与实的意象，出世的精神与入世的作为，应该怎样结合？听着一声声鸡鸣，心里想着自己仍需潜心修行，先贤虽逝，但榜样不远，榜样就在小区附近——就是那忠实地为人间报时、为天地服役、为众生抒情的一只只雄鸡。就这样，每天听着久违了的鸡鸣声，我那一直很寂寞也难免有些抑郁的耳朵，竟因此有了幸福感，我终于听见了童年的声音，听见了故乡的声音，听见了大自然的声音，听见了唐朝、宋朝的声音，听见了公元前孔夫子听过的声音。

听久了，我还听出，那鸡鸣声总是在不停变着调子和嗓音，每天都不一样，甚至过一时段都有变化。前天听着很抒情的声音不见了，昨天突然换了个调子，显得生涩有些沉闷，而今天又换了嗓音，似乎欲言又止，还带着忧伤——我们的抒情诗人，在世事快速变化、场景匆忙切换的年代里，难以形成自己稳定的抒情风格和个性化语言，才如此急切地变换着言说方式，发出慌乱凄惶、极不沉稳的声音吗?

昨天下午上班时，我绕到小区外面的街上，想看一看鸡鸣声的出处，想看望一下我们的抒情诗人——它唤醒了我的乡愁和童年记忆，我应该去看看它们，顺便了解它们何以不停变换调子和嗓音的真实原因。

走着走着，我没有找到想象中宽大的绿草茵茵的院落，我没有找到诗，也没有见到诗人，却走到了一个生鸡屠宰场，在各种刀子和开水桶旁边，关押着一只只鸡，仔鸡、母鸡、雄鸡，在铁笼里拥挤着颤抖着。

我默默看了一眼那些垂头丧气、灰头土脸的鸡，心想：那黎明的抒情、黄昏的咏叹和午夜的诉说，就是从它们中发出的。

然而，它们无法从容言说，无法跟随宇宙的时序和万物生长的节令去深情地唱完一首完整的生命之歌。有的刚刚还在欢呼日出，就被迫终止了歌唱；有的正在朗诵挽留落日的诗篇，只朗诵了一半就被一刀封喉，突然与落日一起失踪。

原来，是我听错了，不是歌手在频繁变调和改换嗓音，而是死神在不停点杀歌手——在死亡流水线上，次第走过的歌手们，只能留下匆忙的绝唱。

这才觉出了我的幼稚和可笑，在商业的城堡里，却幻想着田园的牧歌；把一群羁押在市场铁笼里的、已经标好价钱的死囚，想象成大自然的抒情诗人。如此南辕北辙的诗意妄想，比起那位总是在幻觉中与风车作战的堂吉诃德先生，真是有过之而无不及，我啊，可笑甚矣！

城市的履历表里，没有土地的籍贯，没有自然的消息，没有生长的年轮，没有生灵的户口，没有天籁的内容，只有消费的记载，只有买卖的账目，只有屠宰的程序，只有利润的涨幅；市场的网页上，没有诗，没有露水，没有古老而清新的歌唱为荒芜的时光标示出生动的段落，只有消费和消费的竞赛，只有购买力的排序和攀比；现代的天空下，只有欲望的气球飘升，只有楼市、车市、股市的攀升，只有消费的风帆不分昼夜地飞升，不会有心灵的太阳在诗意的地平线上冉冉上升。因此，城市，没有抒情的鸟儿，没有歌唱的雄鸡，没有真正的日出。

我不无悲凉，而且十分荒凉地忽然明白：我所听到的鸡鸣声，绝非抒情诗人的深情朗诵，而是大自然留下的最后的几声苍凉的遗言……

在篱笆的那边

在简单的篱笆下，
他们培育着古朴厚道的情义，
浇灌着丰富葱茂的诗意。

在乡村院落，在菜地，在寺庙前的小小斜坡上，我常常看见可爱的篱笆。它用竹子、柴薪、木片整齐地排列而成，有时候也用野刺——沿地界路坎栽成一排。植物在保护植物，生活中较为有力的部分在保护生活中大面积的柔弱部分。它令我想起古老的东方田园岁月。那种平和的、节制的、隐忍的、本分的生活方式。这古朴的篱笆，它并没有把生活想象得太好，也没有把生活想象得太坏。它很客气地防范着什么，并不凶狠地表示拒绝。它相信以这种友好的提示，就会制止那些不受欢迎的逾越。这是温柔的羁绊，这是友善的劝阻。其实一抬脚就可以跳进它的内部，一伸手就可采摘里面的花果和菜蔬，路过的牛羊、散步的鸡犬都可以轻易“破门而入”。但篱笆的存在减少了这些并非不可原谅的侵入。篱笆是一声招呼，是一种简单的手势，也是一道诚恳的眼神，又像是一句包含着朴素真理的格言。篱笆太有东方味儿、田园味儿了。即使在委婉地表示拒绝的时候，它仍然留有接纳的空间——篱笆大都不高，有的略高出地面，较高的，也仅及人的胸部，它是否表示仅仅拒绝过长的手和过于粗暴的脚，而对那欣赏的目光、友好的抚摸、不存恶意的询问和试探，它都宽容地接纳？遥想一代代古人，都在篱笆前侍弄他们朴素的生活，在简单的篱笆下，他们培育着古朴厚道的情义，浇灌着丰富葱茂的诗意。看着一排排篱笆，犹如看见一首首整齐的五律和七律，如果正好有溪水流经篱笆，我就听到这首诗的韵律了。

喇叭花，总爱攀伏在篱笆上，紫的，红的，白的，在雨后，它向着蔬菜、花果、树木，向着路边的行人，向着柔和的天空，吹奏小小的号音。它的知音们来了，蝴蝶、蜜蜂、蜻蜓来了，小孩来了，小狗来了，僧人来了，农人来了，诗人来了。篱笆，安静地站立着，如安静的日子。

有一次我忽然想：如果这大地上再没有篱笆，再没有朴素的悬挂在篱笆上的月亮，再没有纯真的喇叭花吹奏黄昏的露水和夕照，我相信，生活中就再没有了诗。

我相信，十万年以后，也许，所有的城市、宫殿、庙堂、纪念碑都将被时光夷为平地，人将把自然完整地交还自然，重新归于简单、朴素、纯真的生活。那时的孩子们第一次睁开眼睛，他们看见的不是别的什么了不起的东西，他们看见的是一排单纯的篱笆，一朵淡紫的喇叭花，正在吹奏透明的阳光……

老屋后面的溪流

它在很深的地方挽留着白云和星子，
像揣着天长地久的秘密。

小时候，我家老屋后面，有一条绕村而过的溪流。

溪流，溪流，你念念这个词儿，是什么感觉？是不是有一种透明、清爽和凉意，向你袭来？

当时人还小，没有太多的感受，只觉得它好，好到怎样也说不清，就以为它只能这样好了。

溪流很清澈，常有小鱼在里面游泳，溪边长着密密的水草，随水流起伏，如飘动的丝绸；下雨天，水涨了，有点浑，天一晴，溪流就更清了，下雨涨水时，给它里外洗了一个澡，溪流更干净更好看，也流得更轻快了。

小鸟眼尖，早早就认准了要做溪流的好朋友，它们知道小溪流与它们做朋友是般配的，小喜欢小，不会欺负小；憨喜欢憨，不会愚弄憨；单纯喜欢单纯，不会伤害单纯；天真喜欢天真，不会糟蹋天真。小鸟们都爱上了溪流，燕子，画眉，黄鹂，鹦鹉，麻雀……都在溪边饮水、唱歌、玩耍、梳洗羽毛。

春天，溪边开满各种小野花，苜蓿花，水芹菜花，灯芯草花，野水仙花，野草莓花……就像母亲把她刚绣好的图案放在这里了。

天热的时候，我们坐在溪边歇凉，朗读课文的时候，我就把双脚伸进水里，那种凉，一直延伸到此时写的这段文字。

一篇篇课文都是溪流和我同时背诵的，我背一句，溪水也背一句，我敢说我会背的文章溪流也会背，多年以后，有些文章我早已忘了，溪流仍然能倒背如流，站在溪流面前，溪流就提醒我那些应该记住而忘记了的。比如，一篇文章，一首诗，一个口诀，或一句格言。

夜晚，我们睡在小屋里，听窗外溪流叮叮、淙淙地自言自语着，心想，天这么黑，溪流摸黑走路，它害怕吗？它孤独吗？好在有那么多水草和游鱼陪伴着，它的心情会好的。就这么想着溪流的心事，听着溪流的低语，渐渐就走进了梦乡。

溪流有时十分平缓安静，天上路过的白云会与它有片刻邂逅，夜里，高空的星子垂直地奔它而来，降落在它的深处，种子一样种在那里；它珍惜这机会，它在很深的地方挽留着白云和星子，像揣着天长地久的秘密。这时我静静蹲在溪边，惊讶水在透明的时候，怎么会有那么深，比它本身要深很多倍，几乎有无限那么深（后来，我才明白，在透明的状态下，事物就超越了它自身的边界，而与无限汇合，再小的事物都能达到无限的丰富。因此，只有那些饱经沧桑而始终保持内心纯洁的人，才能拥有真正的人生智慧，充分的经验让他知道世界的繁复、浑浊，而纯真的内心又让他能保持对真理的忠诚，从而有可能以灵魂之光穿越世界的泥沼，最终抵达精神的明亮高地。一个随波逐流、过于成熟、过于认同现世的人，他顶多只能成为一个老练的市侩和精明的投机者，一生他都不会对真理或与心灵有关的事物发生内在联系并倾注真挚的道义和激情，他积累了一生不过积累了更多的尘埃污垢）。

在溪流里，我放下第一只纸船，人生的初航，是从这里开始，溪流并未挑动我对大海的野心，恰恰相反，溪流一开始就暗示我，人活着，不在于闹出多大的动静，也不必制造多大的风浪。其实，小小溪流，也有着动人的风景和珍贵的细节。你即使征服了地球，用宇宙的眼光看来，你也不过征服了一粒灰尘。其实，宇宙根本就不知道有个什么地球，更不知道有个你。

我发现，这溪流，是我的首席人生启蒙老师和美学老师。

它一直在不动声色地为我传授着什么，它早就收下我这个学生了。

我站在它面前，我睡在它身旁，我走在它的波光里，我静立在它的絮语里，我呼吸着它那野花的秘密清香，在远离它的时候就一次次让它在心里流淌、波动、环绕——我其实一直都在接受它对我的教育。

它并不明确说什么，但它已经向我暗示了一切。

它是润物细无声的好老师。

我感谢，生命中曾经与一条溪流相遇。

它与我那么近，就在身边，后来渐远，后来它在大地上消失了，我到处寻找，最后我在我身体里找到了它，它已经成为我身上一部分静脉和动脉。

记住：大地上有一泓水，从远古，从开天辟地的那一天，它就开始流淌，它一直在寻找那些注定要与它相遇的人和事物，它为此到处流浪。后来，它终于注入一脉流水，它绕过无数山脉、原野和沙滩，它绕来绕去，好不容易绕成一条溪流，终于绕到一个地方，绕到一些草面前，绕到一些花面前，绕到一些牛、马、羊、狐、鹿、蚂蚁、雀鸟和众多生灵面前，绕到一座房子面前，终于绕到一个孩子面前。

绕了多少万年，它才找到这个孩子……

我们的祖先

隔着一层薄薄的时间之雾，
我接受着祖先的注视，
接受着祖先对我灵魂的教育。

在田野，在离我家不到三百米远的地方，有一片祖坟。也就是说，在三百米之外，就是死神管理的地方，就是鬼魂出没之地。

说出来你可能不信，我家的门，正好斜对着那座大坟的墓碑。每天打开门，我们就看见了祖先，看见了“过去”。

因为我们一直住在这里，与祖先为邻，习以为常，我们并不恐惧。

到了夏天的夜晚，经常看见鬼火出没——故乡人都把磷火称为鬼火，认为那是鬼打着灯笼，寻找他们前世的家，提醒后人不要忘记了他们。

有时候，还看见鬼火飞快地奔跑，又像突然受惊似的停下来，一动不动，转眼又悄悄熄灭。

大人告诉我们，这是鬼突然想起了生前的事情，比如欠谁的账忘了还，或者伤害了谁没来得及道歉，他们要回到人间了结这些心愿，忽然想起自己已经是鬼了，返回人间会吓坏了活着的人们，于是颓然止步，熄了灯盏。

还记得一个漆黑的夜晚，我和同学长安上完晚自习从学校回家，走完公路折小路，要穿过大片水田和几个沟坎方能到家，夜黑如墨，手电又忘在了学校，不长的路却走得战战兢兢，生怕跌进水沟弄一身稀泥，四周的青蛙们齐声嘲笑我们的胆怯。这时，鬼火亮了，好几盏鬼火都陆续亮了，我们看清了田间细细的小路，看清了家的位置。我和长安是多么感动，祖先没有死，亲爱的祖先仍在为我们点灯照明。

雷鸣电闪的黄昏和夜晚，墓地传来的响声特别大，有时，就看见弯曲的闪电似乎被一双有力的手拉直了，突然一头栽下来，栽进了墓地，就有密集的火光燃烧和迸溅，我甚至听见了“吱吱吱”的冒火的声音，此时墓地成了雷击的现场。宇宙的暴力仍在击打那些荒凉的骨头，时间的电流仍在炙烤那些孤独的灵魂。我多灾多难的祖先，你们死了，仍然在受苦。你们拦截了自天而降的暴力之火，你们引火烧身，不让它逼近我们生存的屋檐。为了我们活着，死去的你们，在死去之后，又死了多少次？

可是，那时我们还小，不懂事，又顽皮，没有少做对祖先大不敬的事情。我们在田野里时常拾到一些骨头——手骨，腿骨，头骨，或不知哪个部位的骨头碎片。有时，我们就拿着这些骨头碎片敲击着，让它发出打击乐的声音；有时，我们用这些骨头做武器，互相追赶和袭击对方。骨头发出的沉重响声，响彻了我们的童年，我们不知道这声音与多年前的一个鲜活身体有关，不知道这声音从遥远的过去传来，要穿越多少代人才到达我们。我们也不曾留意那被我们轻率地握在手中的腿骨和手骨，它曾经实实在在就是一个人的腿和手，它奔跑过行走过，它曾经携着一个人的心跳和梦想往返在路上；它劳作过抚摸过，它曾经举着一个人的激情和期待，不时打出一些好看的手势。然而此刻，它们安静地、毫不在意地被我们握在手中，把玩着，戏耍着，敲打着，我们不曾把它们暖热，也不留意它们是否想在我们手中多待一会儿，我们就随意地把它们扔出去，丢进了荒野——祖先就这样与我们有了片刻的重逢，然后，又走了。

还有更不可思议的，我曾经在田野拾到一个完整的头颅，就是人们说的骷髅，它当然并不好看，还有点让人恐怖。也许它曾经是一位美女，或是一个俊男，反正它现在就是这个样子。从它空洞的眼窝，我们已经无法想象它曾经的目光、眼神和期盼，多想与它交换目光啊，多想让它看我一眼啊，然而它不知道我已经看见了它，它已经不看任何东西了，任何东西也看不见它了，它永远在别的地方；它的口张着，像急欲说什么，它的牙齿却紧咬着，像永恒地封存了一个秘密，坚决不说出去。

那个黄昏，我们就将这骷髅作为面具，轮流蒙在脸上，学鬼叫，说鬼话，做鬼脸（当然鬼脸是不需要扮演了，我们的脸上就蒙着鬼脸），吓唬自己也吓唬对方。但我们的心里却并不害怕。大人们说过，我们的祖先都是好人，即使成了鬼，也是善良的鬼。就这样，那个黄昏，祖先来到了我们中间，一点也没有带来阴间的寒气，一点也没有惊吓我们，祖先和我们面对面、脸贴脸，祖先和我们嬉戏在辽阔的原野和燃烧的晚霞里，祖先，归来的祖先在为我们制造欢乐……

就这样，我相信，死者也有自己的心事，也有自己的生活，也有自己的情感——与我比邻而居的祖先，让我懂得了，死了，只是不在这里，死者把他们的时间带到了别处，他们仍然生活在他们的时间里。

就这样，与原野比邻，与坟墓比邻，与祖先门对门，我推开门，就能看见亲爱的祖先，隔着一层薄薄的时间之雾，我接受着祖先的注视，接受着祖先对我灵魂的教育。

就这样，那不熄的磷火，那燃烧在时间深处的灯盏，照亮了我的记忆，装饰了我的童年……

万物有灵

即使你在田野里追赶一只老鼠，
也能到达一首诗的附近。

一

稻花香里说丰年，听取蛙声一片。你们只听见辛弃疾先生在宋朝这样说，我可是踏着蛙歌一路走过来的。我童年的摇篮，少说也被几百万只青蛙摇动过，我妈说：一到夏天我和你外婆就不摇你了，远远近近的青蛙们都卖力地晃悠你，它们的摇篮歌，比我和你外婆唱的还好听哩。听着，听着，你咧起嘴傻笑着，就睡着了。

二

即使你在田野里追赶一只老鼠，也能到达一首诗的附近，离老鼠洞不远，是野草掩护的蛐蛐的琴房，正在演奏《诗经》里的某个曲调。

三

小时候刚学会走路，在泥土的田埂上摔了多少跤？我趴在地上，哭着，等大人来扶，却看见一些虫儿排着队赶来参观我，还有的趁热研究我掉在地上的眼泪的化学成分。我扑哧一笑，被它们逗乐了。我有那么好玩，值得它们玩吗？于是我静静地趴在地上研究它们。当我爬起来，我已经有了我最原始的昆虫学。原来摔跤，是我和土地举行的见面礼，那意思是说，你必须恭敬地贴紧地面，才能接受土地最好的生命启蒙。

现在，在钢筋水泥浇铸的日子里，你摔一跤试试，你跌得再惨，你把身子趴得再低，也决然看不见任何可爱的生灵，唯一的收获是疼和骨折。

四

稻田与荷田，只隔着一条田埂，他们是一对上千年的老邻居，是芳邻。稻与荷，各自站在各自的水里，猜测着对方的冷暖和心事。他们也暗中喜欢着对方，经常互相交换些小礼物：这边把多出的荷香捧过去，那边就把宽裕的月光沿沟渠送过来，喜欢串门的青蛙也善意地丈量一下双方的水深水浅，背诵一些古老的谚语。秋收后，就有细心的婶子说：这两块田里长的东西就是不一样嘛，稻米里有一股荷的香，莲藕里藏着米的香。

五

那时，在野外，在随便一个地方，父亲们尿急了，只需避开人，就在一丛草木或庄稼面前停下，他们随身携带的那股水温三十七摄氏度的“小型瀑布”就奔流了，成为原野上时不时出现的一个小小风景。

他们撒下的这泡尿是好的，是没有谁嫌弃的，是有营养、有德行的，既令天地高兴，也让百物受益。淋着温润的阵雨，田埂上那棵狗尾巴草，坡地里那窝麦苗，感到口渴正准备找水的甲壳虫，都高兴地向他们点头致谢。

今夜，你走在水泥和商业的大街，却为着体内一个卑微问题发愁，转来转去，也没找到那宽厚的泥土和朴实的草木，水泥的森林和塑料的花，都拒绝古老的浇灌。你只好提前准备好五毛钱，购买一个叫作“厕所”的出口，将它以污水的名义，倾泻给地下管道那奔涌不息的、无用的、污浊的洪流。

六

乡村寂寞吗？有时候是有一点寂寞。但很快被蛙歌填满了；蛙歌退场，寂寞降临，但很快被及时降临的鸟声填满了；鸟声稀疏，寂寞再度袭击爷爷的日子，但是，更多的蛙歌和鸟声同时降临了，超额填补了这并不严重的寂寞。雨填补云的寂寞，虹填补天空的寂寞，泉填补山的寂寞，鱼填补河的寂寞，燕子填补屋檐的寂寞，布谷填补阳雀短期外出演唱留下的寂寞，狗叫填补夜晚的寂寞，雄鸡扯开嗓子填补黎明的寂寞，母鸡领着小鸡填补院落的寂寞，葫芦藤和丝瓜蔓争着填补窗户的寂寞，牵牛花和指甲花兴高采烈填补篱笆的寂寞，秧苗连夜下水填补麦子归仓后田野的寂寞，大豆执意上山填补蚕豆出嫁带给坡地的寂寞，高粱硬是要扛起红缨枪站在梁上填补晚秋的寂寞，儿子儿媳们和陆续到来的孙子们填补爷爷暮年的寂寞……爷爷总是来不及寂寞，就度过了他耕读的一生。于今看来，乡村的那点古老寂寞，只是上苍自己给自己布置的作业：为时光留些空白，然后，用天籁、天物、人伦、风情去一一填满。

七

白菜，微胖的身材，欢喜的容颜，那么白净、温存、安分的样子，像一群贤淑的小媳妇，安静地坐在有些凉意的地上，令人心生怜惜。要不是她们已出嫁了，我真想娶一个抱回家。

八

屋梁上那对燕子，是我的第一任数学老师、音乐老师和常识课老师。我忘不了它们。我至今怀念它们。它们一遍遍教我识数：一、二、三、四、五、六、七；它们一遍遍教我识谱：一、二、三、四、五、六、七；它们一遍遍告诉我，一星期是七天：一、二、三、四、五、六、七。

九

念小学二年级的邻居家小女儿英英，坐在门前桃树下读一本连环画，桃花落了她一身，她浑然不觉。她不知道她有多么好看，比那连环画好看多了。我在溪边读了她许久。

十

被老家门前指甲花反复染过的姐姐的指甲，到老了，还保持着那种粉红。哪里的水，再热的水和再冷的水，都冲不掉故乡的颜色。

十一

柳儿、迎春花、栀子、桂花、春兰、梨花、百合、草莓、木槿、薄荷、橘儿、莲花、小菊、水仙、玉兰、藿香、苜蓿……你走在村庄里，叫着花木的名字，却听见满村的姑娘都在回答你。记住，我们这里的女孩儿，和大自然同名同姓。你随便喊一棵花木的名字，就喊来一个温柔的姑娘。

十二

我至今没去过埃及，但是，我并不觉得有多么遗憾。这辈子去不了埃及，也没什么关系，到埃及，不就是看看金字塔吗？这辈子，我看的金字塔还少吗？在我的故乡，乡亲们年年秋天都要修建大批“金字塔”，那高高的、金黄的稻草垛，从李家营一直排列到胡家营、黄家营、郭家湾、杨家坪……绵延数十里，望不到尽头的，全是金黄色的金字塔。与供奉法老木乃伊的金字塔不同，乡村的金字塔，有时它用温暖的散发着稻草芳香的洞窟藏匿几对秘密相会的多情男女——它掩护和供奉了乡村羞怯的爱神；有时它则成了童年的乐园，一伙没有听过安徒生童话只会捉迷藏的野孩子，却在这里藏起了自己一生都在回想的童话，乡村的金字塔，几千年来都供奉着孩子们的欢喜佛和快乐神。我的那尊快乐神，至今还在故乡的某座金字塔里秘密供奉着……

猪的赞美诗

几十年过去了，
我仍然没有改变我六岁那年
对猪的同情和打抱不平的想法。

我曾经百思不得其解，“蠢猪”“贱猪”“窝囊猪”“猪狗不如”“无用的猪”……这是骂猪顺带骂人的口头禅。无用的猪用处真多，人们吃着它的肉，又顺手把它牵出来，骂它兼骂人。虽然，这些话语里嘲谑、挖苦的成分居多，人们未必对猪真有那么厌恶，倒是这些以猪为意象和比喻的说法，为猪增加了几分喜剧色彩。尽管如此，毕竟还是透露出人们对猪的傲慢和轻蔑。

千万年来，人们驯化、养殖的生灵可谓多矣，它们中有的因为对人的巨大帮助和付出的牺牲，而受到了人的由衷尊敬，获得了“准神”的地位，比如耕牛；有的因为对人彻底皈依和效忠，而成为人的影子、奴仆和宠物，接受着人的奴役也享受着人的恩宠，比如狗；有的则成了精灵一样狡黠、机智的灵物，人对之信疑参半捉摸不透，它们也拒绝把自己全部交给人，它们在配合和敷衍人类的同时，固执地保持着自己黑夜一样神秘的古老兽性，比如猫；有的则因其活泼的天性、可爱的身姿以及带给人实在的利益和愉悦，而成了诗化的生灵，比如鸡，陶渊明、李贺等诗人就满含深情地夸赞："鸡鸣桑树颠""雄鸡一声天下白"……

然而，唯独猪是个例外，它把自己全部献给了人，它活着是为人活着，它死去是为人死去，它甚至已经不像是一种生灵，而是以动物的方式生长的另一种庄稼，人们种植着它，然后一茬茬收割它。作为一种生命，它对另一种生命已经彻底地、毫无保留地献出了自己，它已经把奉献做到了极致。假如它多少知道了它们一代代对人做的，它要么会感到无比悲愤和耻辱，要么会被自己种族长久以来舍身饲人的悲壮历史感动得泪雨滂沱。猪对人真正做到了仁至义尽。猪做到了这个份儿上，即使不奢望让它获得准神、宠物、灵物、诗化生灵之类的待遇，可为什么它连基本的尊重都得不到呢？人们为什么还要骂猪、嘲讽猪呢？对此，我曾经百思不得其解。

我的乡亲们喜爱猪

终于，在今年秋天的一个深夜，在陷入长久沉思之后，我恍然开悟：世间总得有一种非凡生灵，把自己完全奉献出去，像献给神的祭品一样完全奉献出去，从来没想过什么功德啦、回报啦之类道德逻辑和等价交换之类的经济学的事儿，根本就不知道“报偿”这个词儿是什么意思，献出去就献出去，完全地献出，像雪完全地融化，像火焰彻底地燃烧，像流星义无反顾地陨灭，以自己的破碎和消失，保证神灵的荣耀和宇宙的完整。不仅如此，还要把那些泼向自己的轻蔑、误解、嘲讽、侮辱和一切污水，也都一一承受和接纳了——这是谁能做到的？神好像做不到，神首先是要让人去崇拜和仰望的。像海一样容纳陆地的全部污秽——这是只有海能做到的。但猪不是海，猪不是神，也不是人，猪没有神的意志，也没有人的觉悟。但是，神有了神的意志，神也做不到猪能做到的；人有了人的觉悟，人也做不到猪能做到的。人除了为自己和为自己所属的族群尚能做到全心全意甚而在非常时刻甘愿慷慨赴死，人并不曾为自己之外的别的事物完全地奉献过自己，神也如此，神被人顶礼膜拜但神从不露面，“神出鬼没”正是神的特性。

那么，宇宙间总该有一种生灵，做神做不到、人也做不到的那种彻底的牺牲和完全的忍耐，奉献出完整的自己。同时，接受和忍受所有的轻蔑和侮辱——这是神不能担当、人也不能担当的真正堪称神圣的使命——如果宇宙间没有这种能够担当的非凡生灵，宇宙就显得不够完备，人的文明史的撰写也会出现某些纰漏和残缺。这着实是不好担当的超难度工作和超神圣职责。让谁来担当呢？答案早已摆在那里了：猪，担当了，而且一直担当着，很有可能一直担当下去。

当我想到这里，我对猪不禁肃然起敬起来。联想到乡亲们对猪的那份同情和尊重，我才知道，我那清贫质朴、有善根也有慧根的乡亲们，他们对猪的感情是何等深沉啊。

是的，在我的故乡，我很少听见人们说猪的坏话，更不骂猪。乡亲们亲昵地称呼猪为“猪娃娃”“猪儿”“猪乖乖”“乖乖猪”“猪宝宝”“猪憨憨”“憨憨猪”。乡亲们喜欢猪，同情猪，觉得猪憨厚朴拙，大智若愚，大度能容，温顺忍让，随遇而安，心胸宽广，与世无争，与人无求，求也只求一口简单的吃食，然后就顺人意而随天命。所以，我故乡的乡亲们，对在同一个屋檐下共度寒暑的猪，除了喜爱，心里还存有一份感激和尊敬。

杀猪的这天有点儿闷

当然，猪养到一定时候，最终都不得不杀掉，这好像是猪的命，没有什么办法改变。对此，乡亲们也并不视为理所当然，而是觉得对不起猪，好像做了一件明知故犯的错事。在这种矛盾的心境里，乡亲们对从小喂到大的猪，心里的情感是存得满满的，既有对终于有肉吃、生活得以改善的期待和欢喜，也夹杂着对朝夕相处的一条命的最终结局的怜惜和无奈。但又无法说出口，因为，你既然想吃肉，杀了猪，又说些同情、不忍之类的话，连自己都觉得有点伪善和不好意思。所以，就不说吧，那份复杂情感就默默存于心里，过了好久都不能完全释然。

我记得，在我的故乡，几乎所有养猪的人家，包括我们家，在杀猪的那天并不都是兴高采烈的，相反还有一点儿沉闷，只有不懂事的小孩儿一边看热闹一边大呼小叫着，大人们则埋头做着手边的事，话却不多。养猪的母亲或大嫂们，看着自己一天天招呼着亲手喂大也越来越听话的一条命忽然就要结束了，难免就有些伤感和空落，但又不好多说什么，眼睛红红的，赶紧离开沸水翻滚、快刀铮亮、早已摆好宽大肉案的院子，到地里间苗或到河里洗菜去了，以此来转移和平息心里那种复杂的情绪。

猪把自己降到千万倍低于人

我妈在世的时候，每当家里杀猪或遇到别人家里杀猪，她都有些不同于平时的情绪波动。一个善良仁慈的妇道人家，面对动刀和流血的场景，你让她心如止水、保持所谓的平常心，那怎么可能？一个总是护生惜物、连一只蚂蚁也不忍伤害的母亲，面对自己一手喂大、朝夕相处于同一个屋檐下的生灵忽然间身首异处、开膛破肚，她如何不生起不忍之心？这时候，母亲总是悄悄离开杀猪烫猪的院场，到屋里埋头做针线活或刷锅洗碗，口里还不停地念叨："猪啊猪啊你莫怪，你是人间一道菜，来世投胎变个人，多行善事无病灾。"

记忆里印象最深的，是村东头爱读书、信佛教、外号"杨菩萨"的杨贵元爷爷说的一席话。那天，他见有人家杀猪，猪挣扎惨叫，他的表情显得有些愕然、悲悯，但也不好公然说什么，更不可能去夺了人家手里的杀猪刀，只是低头自言自语，以化解面对杀生场景心里涌动的无奈情绪。他喜欢和我这个小字辈说话，记得他对我这样说："猪把自己的筋骨血肉肠肠肚肚全给人，这是谁能做到的？是神吗？神也做不到，神只能被人高高供在神台上，神身上没肉，神身上就是有肉，人也不敢吃。把自己的一切全都给人，神做不到，猪做到了。"猪当然不是神，也不是佛，但猪有大恩于人，难说它就是下凡的天神和大佛来到人间，把自己降低千万级于人，从而帮助和成全着人。

人生天地间，何德来报天

对于猪的这种复杂情感，真的就是伪善和无用吗？我不这样认为。这不是伪善，这是生存的两难处境，是人与自然、人与生灵之关系与生俱来的两难处境，是人的自然本能与人的生命情怀和伦理感受纠结而成的道德窘境。人为了生存，就不得不利用自然并对自然做一些必要的处理，在此过程中难免要伤及别的生灵并压缩其生存空间，或改变其生存和死亡的自然过程与生命节律——这是人为了生存不得不为之的“损天以益人，伤物以济人”的尴尬作业，是人的天命里注定要做的作业。而这个作业与人在长期文明进化过程中养成的“众生平等”“民胞物与”“慈悲为怀”“同体大悲”的同情之心是有冲突的。这种矛盾的情感回旋在心里，恰恰是人性中的高级情怀在发生作用。经常有这种纠结的情感在心里流动，也许并不能根本改变生灵的命运和处境，但有了这份情感垫底，人心里就会多一些善根、怜悯和柔软的心肠，多一些对自己行为的节制和反省，从而培植出对生灵万物的怜惜态度，并从内心深处觉悟到：人生天地间，何德来报天？于是，厚德载物，慈悲处世，尽可能不伤害生灵，尽可能不给天地万物制造额外的痛苦，并以自己的善心善行对天地万物有所补益和回报，就成了人们心里的道德自觉。

传统家庭养殖充满了情感和伦理意味，猪也是家庭成员之一

乡亲们以及世世代代的无数农民，他们节用惜物，善良厚道，不仅对人善良，而且由人及物，将善良慈悲的情感推及天地万物和草木生灵，除了生存之需不得不向自然和生灵索取，很少为了非分之欲去做伤害生灵的事，在他们心里，觉得天地生人已经尽了天意，万物养人已经施予恩泽，再做伤天害理之事，就是忘恩负义，愧对天地良心。这种敬天惜物、慈悲仁厚的情感，在过去的乡村是如此普遍和浓厚，我想，这固然因为乡亲们生活在天人合一、草木比邻、人畜同居的自然环境里，从而也有了土地的浑厚性情和草木的柔软心肠。同时，他们所有的生活资料，都是靠自己亲手劳作、亲手种植和养殖才能得到，在这艰辛的过程里，你不用向他们说教，他们自会懂得“一粥一饭恒念物力维艰，一丝一缕当思来之不易”。

这种对万物与生灵的怜惜、慈悲之情，我想，肯定也与他们的养殖经历有关，与他们养牛、养羊、养狗、养鸡、养鸭、养兔、养猪等有关，他们亲手盘养了一个个生灵，从幼小、长大，到最后被迫终止生命而成为人的食物，他们目睹了生灵们的生老病死苦，他们知道生灵们与人一样从生到死

都是多么不容易；而生灵们对自己无辜的、悲惨的，在它们看来是没道理的被迫死亡是何其恐惧和痛苦，又是何其不解、不愿和不甘？乡亲们也从每一个生灵从生到死的一生里，感受到它们各自的可爱灵性和对主人顺从、依恋甚至忠诚的感情，养殖的过程其实也成了主人与生灵建立友谊、分享信任的漫长过程。

传统的乡村养殖，由于没有机械、化学和商业的介入和操控，而最大限度保持了生灵的完整自然生命过程，也保持了人与生灵之间单纯的相互依存、相互信任的关系。与没有任何情感伴随、逆反自然、唯利是图、粗暴冷血且越来越高度机械化、化学化、快速化、规模化、自动化、格式化、商业化、无心无肝化、无情无义化的现代养殖业（这种所谓养殖业无视甚至干脆剥夺生灵的自然生命过程和一切天性需求，成了以追逐效益、获取利润为最高目的的“现代杀戮业”，动物在快速催肥、快速死亡的闪电式流水线上匆匆度过了悲惨的一生，没有丁点快乐和自由可言，纯然沦为受苦受难、任人宰割的地狱囚徒）绝然不同，传统的家庭养殖充满了情感和伦理的意味，被养殖的生灵其实已经是家庭成员的一部分，它们的基本权益和天性需求都能得到满足，主人与生灵之间不仅有了依赖和信任，而且在长期的彼此依存和情感互动中自觉或不自觉地产生了一种特殊的亲情。许多家养的生灵，都是在主人的依依不舍中走到了最后的时刻。

由此，我们就不难理解，我的父母以及许多父老乡亲，为什么绝不随便伤害自然生灵，哪怕对一只虫虫蚂蚁，对一棵草木野花，也是心存怜惜，手下有情。这是在亲手种植和养殖的过程中，大自然教育了他们，生灵们感化了他们，生灵们的生和死，它们的灵性，它们对主人的信任、对生存的留恋，它们难以幸免的世代的不幸和忧伤——这一切都教育和感染了他们：万物有灵，六畜是命，它们献出了自己，养活了我们，我们已经对不起它们，我们当知恩，惜物，护生，否则，我们愧对良心……

一个六岁小孩为猪打抱不平

我六岁那年，家里养了一头母猪，当它长大了，父亲说这猪懂事了，就花钱请邻村一个姓杨的人牵来他家的公猪，来到我家猪圈前，用大人的话说，就是要成全好事。我那时还没上学，无知无识，但婚姻啦，恋爱啦，这些词儿还是隐约知道一点。我人小，无知，还有些傻气，看见别人家的公猪来了，还以为它要跟我们家的猪恋爱并结婚。就像看别人家结婚办喜事那样，我热切地等待着猪的婚礼，并暗暗为我们家的猪高兴，它终于有新郎官了。等了一会儿，却没见什么大的动静，只见姓杨的人拿着竹条将那公猪硬往母猪身上赶，我当时竟有点愤怒了，觉得大人们对猪太无礼，太不尊重猪，照我的小脑袋理解，恋爱婚姻是人的大事，对于猪也不是小事吧，怎么这样糊弄人家呢？我气愤地想着，正准备责怪大人，大人们代猪操办的所谓好事已经结束了。我当时心里很难过，觉得猪太可怜，一辈子被关在潮湿漆黑的猪圈里，没见过阳光、青山、溪流和原野，没见过别的生灵，它们作为猪，却很少见过别的猪，也就无法结交自己的朋友和恋人，连婚姻恋爱这么重要的事，就这样被人潦草地糊弄过去了，猪，真是可怜啊。我这么想着，为猪打抱不平着。

至今仍然觉得，猪如果不被关在猪圈里，而是让它们在大自然里自由生长，它们完全可能是另外一个样子，不仅会变得更聪明、更健康、更漂亮，而且它们也会在众多同伴里，结交上自己的朋友和恋人，从而拥有一头猪的纯真友谊和秘密恋爱，拥有一个卑微生命应该有的卑微幸福。可是，这些，它们一生一世都没有，永远也不会有。

猪妈妈是好妈妈

我家的母猪生了，生下一窝十个猪娃娃。爹爹说，十全十美，这母猪命好，有福气，会生孩子，头一次生孩子就生个吉祥数字。母猪坐月子吃得好，我妈妈每天仔细为它打理饲料，草料里拌些谷糠、麸皮、豆渣，有时还添些豆浆，大家真心诚意把它当母亲来照顾。小猪娃红白红白的身子，毛茸茸，滑溜溜，圆滚滚，真可爱啊。猪娃娃吃奶时，整齐地卧在猪妈妈肚子下，噙着妈妈的奶头用力地咂着奶水。（猪妈妈在翻身或睡觉的时候都小心地护着自己的孩子，从没有因贪睡或动作粗鲁压坏了孩子，在这方面猪妈妈堪称模范，好像比人做得还要好些。我后来不止一次听说，也有媒体报道有产妇不小心睡着了压死自己的婴儿，但我从来没听说过猪妈妈压死自己孩子的事情，可见猪妈妈何等细心。我对此感到惊讶和不解：是怎样源自血脉的深挚情感和神秘力量，使它具备了无师自通的能力，初次做母亲就成了无可挑剔的模范母亲？）此时，猪妈妈很惬意地躺着，发出慈祥、温柔、很满足的哼哼声，仿佛在呢喃："孩子们，慢慢吃吧，妈妈的奶都是给你们吃的，孩子们，自从有了你们，我也就有了奶，我就成了你们的妈妈，我一定要做一个好妈妈，让你们一直吃我的奶，我一直做你们的好妈妈，孩子们，慢慢吃吧……"

原始母亲的无限柔肠

我数过猪妈妈的奶头，一共有十二个，左面六个，右面六个，像后来我见过的村支书穿的大衣上的排扣一样，整齐对称地排列在猪妈妈的肚子上。听小伙伴云娃说，他还见过有十四个、十六个乳头的猪妈妈。看着那么多乳头，我们这帮小娃娃只觉得惊讶，私下里悄悄议论，我们的妈妈只有两个乳头，猪妈妈却有那么多乳头，这是为什么呢？问小学的李保元老师，李老师说那是因为人在不断进化的过程中，有些东西就退化了，猪没有进化，还保留着原始状态。这个解释勉强说服了我们，是的，我们的妈妈用进化了的两个乳头喂养我们，左边是太阳，右边是月亮，上苍把天地间最温柔的光芒都配置在妈妈身上，那已经足够照耀我们成长了。但是，我们的小脑袋还是止不住乱想着：猪没有进化，猪保持着原始状态，那是不是说，处于原始状态的猪妈妈，它没有进化出别的本领，也没有学会别的杂念。它只有一种原始本能，即爱的本能；它也只有一种原始心思，即爱的心思。原始的猪，就像这永远原始的大地一样，没有别的本领和别的杂念，只有爱和忍耐的宽厚本能，以及用于繁育的充沛乳汁？于是，那么多乳头就排列在猪妈妈的胸脯上，就像密集的星星排列在天空的胸脯上。它从生活里和命运里得到的一切，它都提炼成乳汁，源源不断流向它的孩子们，它就这样表达着因没有进化从而也没有退化的一个原始母亲的无限柔肠……

我们清贫而值得感恩的生活

猪妈妈细心养育着猪娃娃，同时还日夜警惕地保护它们。邻居家里养着一条黄狗，常到我们家串门找东西吃。有一次，猪圈门没关严，那条黄狗溜进猪圈，想偷食槽里掺有麸皮和米糠的猪食，猪妈妈以为狗要叼走自己的孩子，猛地从窝里站起，用身子遮挡着自己的孩子，嘴里发出愤怒的叫声，见狗还不出去，就勇敢地冲向狗，昂着头弓着身子硬是将狗赶出了圈门。在屋后水渠边洗衣服的妈妈，听见动静赶忙跑回来，看见邻居家的狗嘴上沾着猪食惊惶地逃，才知道是怎么回事。我妈后悔自己大意没关好圈门，让母猪和猪娃娃受了惊吓。

猪娃娃渐渐长大，母子十一口每天要吃喝拉撒，猪窝里垫的干草很快就被一旁的粪水浸湿了，这样每天都得重新清理垫进干草，因为猪很爱干净，坐月子的猪更需要干爽温暖的环境。农活太忙了，大人们还要到山上修水库，实在顾不了猪，就让我放学回家后给圈里换干草，添猪食。可是我放学老是想和小伙伴玩，避重就轻，添了大人提前拌好的猪食，却没有及时给猪窝换垫干草——因为要到田野里把生产队分给每户的稻草秆选干爽的背回来，这活太麻烦，我就把天天换干草擅自改成两三天换一次。那天中午放学，添猪食的时候，我才发现前几天换的干草大部分都被粪水浸湿了，还剩下不多一点儿干草，形成一个稍微干爽些的“孤岛”，猪妈妈让自己的孩子一个个紧挨着睡在“孤岛”上，自己却站在粪水浸泡的湿草里，它是把仅剩的干草用嘴一点点噙到固定睡觉的地方，在“水深火热”中为自己的孩子筑成了一个温暖干爽的“小岛”。就这样，它站在水深火热里为孩子授乳，它站在水深火热里过夜，它站在快要没膝的粪水里，尽着母亲的职责。

这是因我的偷懒造成了它们一家的痛苦，但是憨厚的猪妈妈没有责怪我，它总是用温柔的眼神迎接我的到来。当我怀着愧疚的心情赶紧从田野里背回干爽的稻草，垫进猪圈，把那个“小岛”扩大成一片温暖的“大陆”时，猪妈妈终于又和它的孩子们暖融融地睡在一起。我蹲下来，轻轻抠着猪妈妈的后颈窝，表示对它的歉意，猪妈妈感激地看了我一会儿，然后闭上它那好看的双眼皮眼睛，发出柔和、满足的呢喃声。时至今天，几十年过去了，我仍然认为那是猪妈妈在对我说话，它心里有话要说，一个母亲心里定然有很多话要说，一个母亲定然有着很多柔软的心思，当然，一个母亲心里定然也有着很多委屈和忧伤。

一个多月后，猪娃娃们长大了，也到了猪崽买卖的时节。离我们村十余里的漾河上游，有个叫元墩的集市，逢农历双日开市，这天，父亲用两个竹筐，一筐装五个猪娃娃，十个猪娃娃被父亲挑着要去赶集。我舍不得它们离开，哭叫着抱着父亲的腿阻拦他，母猪在圈里烦躁地顶门，门顶不开，就用头撞墙，悲伤地嘶叫，它要留住自己的孩子。父亲这时倒是能体会我的心情，没对我发脾气，还低头劝我："娃啊，筵席都有散的时候，人到时候都要分家，到时候还要分手，猪又咋能例外呢？再说了，你上学的学费，家里的油盐酱醋穿衣吃饭，都等着猪来帮衬呢。"我妈在一旁抹着眼泪，说："孩子，你爹说得对，你也没错，让你爹去吧，今天逢双日，不是说逢双有喜嘛，今天是个吉祥日子，猪娃娃们一定都能遇到好人家，它们不会受苦的。"母亲一边说着，一边挨个儿抚摸猪娃娃，她是在为它们送行。然后，母亲又抱了些干草走进猪圈，一边铺垫，一边口里喃喃着，像是自言自语，又像是对母猪说宽心话："娃他妈，想开些，又不是第一次养孩子，啥事没经见过？你的心思我晓得，都是当娘的，当娘的心里苦水多，想开些，别伤心，娃们迟早总得离开，娃们会有个好去处的，心放宽些，后面的日子还要好好过呀。"母亲仔细整理了猪窝，铺垫了干草，又把食槽刷洗了一遍，这样，小猪留下的气息就会淡一些，母亲想借此缓和猪妈妈对孩子的思念之苦，她也只能以这种方式表达一个母亲对另一个母亲的同情和怜悯。

开学了，我和哥哥用小猪换来的钱交了学费，父亲也在铁匠铺里打了几把锄头、镢头、镰刀，母亲用剩余的钱为我们买了一些蓝卡其布，亲手做了新衣服。当我捧着崭新的课本，穿着崭新的衣服，放学后高高兴兴跑回家，却发现院子里比往天冷清了许多，才忽然记起是没有了猪娃娃们那天真可爱的声音。于是，赶紧推开猪圈门，我看见了，孤独的猪妈妈，它低垂着头孤独地站在阴影里。它那一身浓重的黑色，像一片永恒忧伤的黑夜。

不久，母猪又怀孕了，又产崽了。猪娃娃又去集市了。猪妈妈，就这样一窝窝地生产着它的光荣和忧伤，一次次地重复着它的苦难和无助，一年年地支援着我们清贫而值得感恩的生活。

寂寞的乡村圣贤，农业的伟大功臣

现代的农业，已经离不开化肥，几乎所有农作物都是靠化肥喂养和催生，以保证其产量，若不这样，越来越少的耕地就无法养活过量的人口。现代农业的后面其实站着庞大的化工业。化学渗透了每一粒粮食和每一苗蔬菜。人已经不纯粹是大地的孩子，同时还是化学的养子，我们的身体里和气质里，也就难免掺入了化学的毒性和冷漠。化学在无节制地榨取土地的肥力，透支着盘古开天辟地以来土地千年万载千辛万苦积淀的地力、营养和元气。如果化学一旦从农业撤离，粮食将大量减产，农业就立即崩溃，饿殍遍地的灾难就将出现。

现在的许多人，可能已经不知道在化肥还没有发明出来和普遍使用之前，长达数千年的漫长农耕文明，广袤大地的一茬茬粮食和庄稼，是怎么走过来的，是靠什么支持的。

我在农村长大，从小与大人一起干农活，养过猪，放过牛。我那时，没有学过人类文明史和农业的历史，但乡村生活的耳濡目染和亲身经历，使我深切地感到：牛和猪，是农民的亲密朋友，是农业的伟大功臣，是大地上忍辱负重的劳动模范，是数千年农业文明史隐姓埋名的重要撰写者之一。它们和世世代代农民父老一道，维持了大地的生机和文明的延续。在故乡的那些年月，启蒙了我对传统农业的理解，勤劳厚道的乡亲们，是我的首席老师，向我手把手传授“农耕文明史”的纲要和细节；猪和牛，也在一旁辅导我，注解着人与土地、人与生灵的血脉亲情，注解着什么是含辛茹苦，什么是任劳任怨。

牛对人的奉献、对农业的奉献尽人皆知，人对牛的拟人化赞誉和所赋予的道德内涵，已经成为我们文化的一部分，牛以它在农耕历史上的艰辛劳作和牺牲，确定了它在人们心中的崇高地位，牛已不只是自然界的普通生灵，已经升华为一种道义象征和诗学意象。我小时候放过牛，对牛情谊深厚，以至于被我放过几个月的牛却放了我几十年，我一直被那根牛缰绳隐隐约约牵在手里，那头牛很有可能要放我一生一世。我已写了几十篇叹惋和回忆牛的诗文，在此不再赘述。

那么猪呢？现在的人，一提起猪，就想到肉，想到香肠，但是也许很少或根本想不起猪和土地、猪和农业、猪和粮食的关系。许多人只吃过猪肉，没见过猪，他们只见过香肠的样子、腊肉的样子、粉蒸肉的样子，他们没见过猪的样子，更没有见过猪在农家生活的样子，不知道猪对土地和农业的漫长奉献。化学和商业主导了农业和粮食，也误导了我们对土地和生灵的认知，遮蔽以至让我们遗忘了猪在漫长人类文明史上的伟大价值和至高地位。

过去农民种地，除了依靠自然地力，为庄稼上肥全靠农家肥。所谓农家肥，包括人的和家畜的粪肥。家畜粪肥以牛和猪为主，最主要靠猪。因为牛在放牧时有一大部分粪肥就撒在了野外，虽然也给大自然增添了肥力，转化成了山野的草木芬芳和“离恨恰如春草，更行更远还生”的诗意情境，但毕竟分散于大野苍山，无法专注于农业。这样，农民种地施肥，就主要靠圈养的猪了。我的乡亲们，从古至今，也许从不崇拜也不知道谁是一举考中天下知、成名升官又发财的科举状元，但他们却从内心里感念着与他们朝夕相处、默默无闻的积肥状元，就是那世世代代与他们厮守乡土的隐忍憨厚的猪。

以我家为例，一年养猪少则两头多则三头，猪的圈舍也不小，甚至可以说很宽绰，有三十多平方米，村里有的人家的猪舍更大，能达到四五十平方米，可能已接近个别官员豪华办公室的面积。但住在里面的猪，并不是坐吃供养、笑纳贿赂、卧享富贵、“球心不操，养一身肥膘”，然后饱暖思淫欲。相反，猪圈既是猪的修身养性之所，也是猪的工作室，是积肥车间，是土地的营养库。

平时我们要采些野草、秸秆垫进猪圈，秋收时就将田里晒干的稻草扛回来垒砌在大树下或码放在屋檐下储备着，随时添入圈里，为粪肥堆积漫溢而不断变得潮湿的猪窝换上干草，也算为猪换上越冬的被褥。多数时候，猪都不得不与自己的粪肥生活在一起，在那用稻草铺垫的孤岛般的猪窝旁边和四周，就是越积越多、越陷越深的粪肥的汪洋。它生活着，其实是在令它难堪的环境里为农业和土地日夜劳作，日夜积肥。猪是很讲卫生很爱干净的生灵，但是生而为猪，又归依了农家，它的一项重要任务就是积肥，它不得不过这种违拗自己清洁天性的生活，这也许是人们嘲谑“脏猪”“窝囊猪”的由来吧，但这是由不得猪更怪不了猪的。只有到了集中为庄稼上肥的时节，才把猪圈里的粪肥做一次较彻底的清理，里外换上干草，平日里潮湿难闻的猪圈，一下子清爽了许多，猪才能过几天符合自己天性的干净日子。看得出来，在那难得清爽的几天里，猪显得比平时眉清目秀、儒雅好看多了，而且也更温顺听话。如果猪也有着对好日子的浪漫想象，那短暂的几天清爽日子，也许就是它的天堂时光吧。然而，要不了多久，它又渐渐被粪肥和不好闻的气息包围了，在绅士、英雄、富豪、王公贵族、各类精英以及体面人士们绝不光临的大地的最僻暗、潮湿、沉闷的角落，它孤独地坚持着，如寂寞的乡村圣贤。

有一年，县粮站的工作人员来我们村收购粮食，说我们这里猪多，肥多，土地壮，粮食产量高，质量好。说这次收购的不是一般的粮食，是要出口援外的，是革命粮、友谊粮、战斗粮，要出口给越南、柬埔寨、阿尔巴尼亚等国，支援世界人民的革命斗争。那时，我已经上初中了，想到猪辛苦积下粪肥，好不容易养熟了庄稼，现在要献给世界各地，去养活和支援那里的革命。我看着地图上的那些国家，心想，猪啊，你足不出圈，没见过圈外三尺远的天地，但是你喂养的粮食，却要去万里之外喂养别的国家。可是，那里的人，知道我们任劳任怨、缺吃少穿的农民乡亲吗？知道我们常常深陷于水深火热中的猪吗？

后来我读了一些诗，包括一些古诗，一个青涩少年的眼睛，看什么就带上了一点诗意的视觉。走在田野里，看着那青青的庄稼，青青的一望无际的农业，我就会情不自禁地想起：这青青的、茂盛的、含着露珠和笑意的可爱庄稼，人们欣喜于它吹拂的无边芬芳气息和丰盛景象，诗人们也会长久地由衷赞美这田园的诗意和农耕的美感，他们的隽永诗卷构成了我们文明史中最温润、宁静、恬淡、空灵的诗意部分。然而，诗人们有没有想过：这温润、宁静、恬淡、空灵的诗意后面，有一种生灵，正以它卑微、沉闷的生活，为原野的丰盛和大地的诗意，在默默地、含辛茹苦地做着最没有诗意、最不空灵的铺垫……

它们用黑夜一样的历史，支持了我们的黎明

至今我还记得几十年前我们家猪圈里猪妈妈奶孩子的情景，母猪温柔慈祥的母性，在那一刻体现得多么细腻、生动和感人。

面对沉浸在温柔慈爱里的猪妈妈，我实在不忍心粗暴而轻薄地把它看作猪或叫作猪。猪，按我们约定俗成的眼光和理解，这个字眼附着了太多傲慢、俯视、偏见和轻薄，就连这个字眼的发音都那么晦暗无光，那么尖酸刻薄。如今回想当时的情景，那无比慈祥地奶着一群孩子的猪妈妈，它，仅

仅是猪吗？是那在我们偏见里猥琐的猪吗？它根本不是我们眼里和口里那充满贬义的愚蠢的猪，它像所有沉浸在母爱里的母亲一样，以自己生命里的全部高尚血液和温情，呈现和分担着宇宙中均匀流溢的神圣母性的一部分使命，它含辛茹苦、忍辱负重，倾洒着一个卑贱母亲的伟大情感，为它自己，更是在为我们哺育着生命——其实是悲壮地延续着它们世世代代的苦难和牺牲。

但是，除了几乎是永恒地被轻薄、被奚落和被嘲讽，没有谁赞美过它，所有美好的语言都羞于向它哪怕献上一句有限的赞美。几千年了，我们吃它的，喝它的，用它的，我们用它们廉价的血肉筑成了我们自诩不凡的血肉，用它们似乎理所当然的牺牲铺垫了我们编织的文明的华丽长袍；几千年了，我们漫长的诗史堆积了无以计数的诗篇，我们无数的诗人都享用过它的美味，但是，它没有收到哪怕半句写给它的友善的或情意深长的诗。你可以说它不懂诗，因而没必要为它献诗。然而，驴也不懂诗，马也不懂诗，狗也不懂诗，猫也不懂诗，狐狸也不懂诗，驴、马、狗、猫、狐狸却收获了多少诗句？甚至凶恶的虎、狼、狮子和豹子，也从我们的语言里缴获了太多的赞誉和华美诗句。石头懂诗吗？不懂。然而不懂诗的石头，却以永恒和不朽的名义，收到了无数不朽或速朽的诗篇。所有堂皇的语词，都羞于俯下身段去安慰和问候那深陷于永恒寂寞里的孤独而苍凉的猪。是的，它是如此孤独、苍凉和寂寞，它的种族是如此孤独、苍凉和寂寞，它的历史就是一部黑夜的历史。然而，在无边苍凉和寂寞中，它们坚持了下来，它们把憨厚、忍辱、本分、牺牲和大智若愚的品德坚持了下来，把爱和忍耐坚持了下来，把对人类的漫长厮守坚持了下来，一直坚持到此时此刻，还将坚持到那继续不被理解和尊重的遥远的未来。自诩高级的生命绝对不会像它这样在如此晦暗沉闷的命运里能够坚持下来的，然而，能够如此坚持下来的，却成了低级的卑贱者了吗？我无法驳倒却拒绝认同这强硬冰冷的逻辑。

不，不是那样的，而是这样的：它们在黑夜一样的历史里，支持了我们的黎明；它们在无边寂寞里，坚持着它们的爱和忍耐。它，我记忆里的那位猪妈妈，像所有慈祥的母亲一样，它是一位孤独而伟大的母亲。

那温柔的摇晃，一直摇晃到此时此刻

大约七岁的时候，有一天，我看见邻居家的堂哥戴着自己编的柳条帽骑在牛背上从河边晃晃悠悠走回来，我羡慕极了，也想骑牛，但看着那黑牯牛威武的样子，就感到害怕，怕它用牛角挑我，或摔下我，大人说牛欺生，牛发了脾气，会把人顶伤或摔坏的。我胆子小，算了，就不骑牛了。这时，父亲打开猪圈门，让猪在院坝里换换空气，晒晒太阳，伸伸筋骨，说这样猪才长得快，肉也瓷实。那猪走上院坝就开始奔跑撒欢儿，看什么都觉得新鲜有趣，这里啃啃，那里嗅嗅，时不时还抬起头，眺望远处的青山和头顶蓝莹莹的天穹，好像要研究春天和大地的秘密，为以后的猪们提供它发现的有关宇宙的第一手资料。可见它是很喜欢阳光、很热爱生活的，而且还有着求知的兴趣，它的趣味绝对是大于猪圈和食槽的，也许涵盖了整个春天。看得出来，它对大地上弥漫而来的无边草木气息怀有与生俱来的深情。

十岁的堂哥说，那就骑猪吧，猪的身子矮，摔下来也没事，何况猪的脾气好，骑上去会很好玩的。他先单腿跨上去试了一会儿，然后跳下来，说能骑能骑，就扶着我骑上猪背。开始，猪不太习惯背上突然多出的重量，摇晃着，好像不太乐意，过了一会儿，猪渐渐接受了我，堂哥撒开手，由我单个儿骑在猪背上，在院子里转了三圈。从此以后，我喜欢上了我们家这头猪，我常常为它捉身上的虱子，为它搔痒痒，猪最喜欢我抠它耳朵后的后颈窝和腿的根部，那是它自己无法管理的部位，好像那里藏着欢喜穴位，我一抠，它就快活地哼哼起来，那是它高兴的笑声。放学后，我就到田野里采些猪爱吃的水芹菜、灰灰菜、紫云英苗、鹅儿肠草等，有时，还偷偷把自己碗里的饭分点儿给它吃。我想，它不是马，不是驴，不是牛，却对我额外做着马、驴、牛也未必愿意为我做的事，让我骑它，我心里是非常感激它的。就这样，我和猪有了很深的友谊。过上几天我就要跨上猪背骑一会儿，猪习惯了我这小小骑士，我骑在它背上，它一边低头吃院坝边的青草，一边小心平衡着身子，我则仰头看着村庄四周的田野风景，俨然一个骑马凯旋的将军。

最远的一次，我骑着猪沿绕村而过的溪流边的小路，来到离村子六七十米的漾河岸上，这是猪平生走得最远的一次，它看见了明晃晃的河流，它听见了“哗啦啦”的水声，它十分激动，它简直有点狂喜了。我赶紧从猪背上跳下来，让它放松身体敞开胸怀，让它好好看看它很少能看见的大自然的广阔和新鲜。我看着它那纯真喜悦的样子，心里竟有几分同情：猪见的世面太小了，常年关在黑黢黢的猪圈里，世上的任何风景都没见过，也没有一个猪朋友，它哪像我们，可以读书上学，还可以四处疯跑、唱歌、捉迷藏。猪，真可怜啊。但我又能对猪做点什么呢？我只能喂它点随手采来的野草，顶多骑在它的背上逗它玩一会儿，而我骑它时，快乐的是我，我并不知道猪的内心里是否真的乐意。我对猪的这些感情，只能藏在心里，没有对别人说，我怕说出去别人笑话我。

猪背并不是很柔软，还有一点硬，那是因为世世代代的猪并不像马或驴那样被人当作坐骑，即便专职拉犁的牛也常常被从古至今的孩子们倒骑在背上，“短笛无腔信口吹”，这种经历使它们的脊背多多少少被人塑造，而成为人可以随时借用的一部分。而猪的脊背始终保持着纪元前的空白，不曾或极少有人的身影在此落座或冉冉升起。然而，一个无知小儿稍稍改写了猪的历史，改变了一个生命与另一个生命的伦理关系，建立和体会到了一种不为人知的深厚友谊。在那似乎一直很荒凉的猪背上，我像国王一样坐了上去，它成了我的临时王座。

就这样，一头憨厚的猪，小心地保持着它和它并不理解的地心引力的垂直关系，小心地托举着一个孩子在它背上的微妙摇晃，小心地把一个当时还很矮的孩子托举到他能够更远地看见春天也被春天看见的高度。那温柔的摇晃，一直摇晃到几十年后的此时此刻，摇晃成一个渐渐老去的人的不老的记忆……

田园的根系

两家的藤在交换着地气和露水，
两家的人在交换着厚道和情义。

一

红薯藤很长很长，一苗红薯的藤，要是不限制，不及时割掉其狂枝野蔓，它可能延伸到十几米之外。记得父亲在世的时候，他地里的红薯藤总是疯长到紧挨着的别人家的地里，有时人家的地里也种着红薯，两家的藤儿互相纠缠在一起，无法收拾，怕割错了，伤了人家的苗也毁了自家的藤，就只好随它们相依相守苦缠苦恋。到了秋天，挖红薯的时候，忠厚的父亲就送一些红薯给那户人家，算是赔礼道歉和补偿，说是自家的藤影响了人家的苗。过一段时间，那户人家的主人却笑眯眯来到家里，送父亲一篮粉条，是红薯加工的，很好吃，分量大大超过了父亲送去的，因为父亲送去的红薯是加工不出这样多的粉条的。

两家的藤在交换着地气和露水，两家的人在交换着厚道和情义。一种寻常的植物，生长和传承着的，不只是淀粉、糖分、矿物质等营养成分，也传承着大地的情怀，传承着世代相传的古朴民风，传承着农耕文明的伦理道德。

二

土豆、红薯、芋头、魔芋、地瓜、花生……在乡村，在大地，多少优秀植物，都被埋没着，它们在埋没中，如何呼吸？如何睡眠？如何生长？如何思考？——它们不会没有自己的思想，我一直以为，万物都是大自然用于思考和呈现自身的一种思维器官，植物根系大地，头顶苍天，负阴抱阳，怀乡恋土，它们更是“顶天立地”“思接天人”的杰出思想者。

它们有的深居简出，或者干脆避开喧嚣尘世，隐居在泥土的幽静密室，那肯定是要进行一种更深沉的终极思考：它们的藤蔓——那伸出去很远、它们无法看见的手在摸索和寻找什么呢？那肯定是在搜寻用于思考的更多资料和论据，以对它们生活的环境和周遭的事物做出逼近真相的研判和结论。

对植物，特别是田园的植物，我一直对它们怀着好奇和尊敬，我以为它们身上藏匿着一种古老的灵性和神秘性，我们可以吃掉和消化它们，但是我们无法吃掉它们的灵性，无法消化掉它们的神秘性。它们永远属于它们自己，我们貌似占有了它们，但我们占有的只是它们表面的物性和所谓的营养，而它们更深奥的灵性和秘密，是我们不能占有和抵达的。也许最终倒是它们占有和征服了我们——它们占有并深入了我们的身体，甚至组织了我们的身体。它们直接或间接地影响和改变着我们的健康、情绪、相貌、气质、性格和人生态度，我们所谓的一方水土养一方人，其实一方水土首先要养一方的植物，然后是植物养人，因为人无法直接去吃这一方水土。一方水土养一方植物，一方植物养一方人，养一方人心人情，养一方文化文脉。看看，我们还不是植物培养出来的吗？植物若是没有智慧、思想和情感，能做成这样大的事情吗？

植物们貌似迟钝，貌似没什么智慧，貌似一生都在睡眠，其实它们有着不为我们所知的特殊智慧和灵性，它们一直都在跟踪和研究我们，它们把一切都看得清清楚楚，要不，植物们既不拿枪也不拿刀，也不到处乱跑瞎折腾，更不做任何伤害大地、伤害万物、伤害生灵的事，相反，它们是尽其所有、竭其所能成就着大地、庇护着万物、喂养着生灵，我们今天能看到的大自然的成就，无论是物质的成就、生态的成就、审美的成就，其实绝大多数乃是植物的成就。而每一种植物都安分守己勤勉处世，一辈子都扎扎实实、平平和和、安安静静，为什么却能让整个地球都变成自己的家园和乐土？而且取得了覆盖整个地球的恢宏成就？植物若是没有智慧，能达到这样高的境界，能取得如此非凡的成功吗？

植物甚至把我们的来处和归宿都看得清清楚楚，它们要么提前走在前面为我们引路，要么耐心跟在后面为我们送行，多数都安静地生活在我们身边，陪伴我们一点点走远，它们知道我们的归宿在哪里——当我们在人间消失，住进了土地下面的某个暗室，植物的种子和根须立即就能找到我们的踪迹，它们那柔软的藤蔓、慈悲的浓荫，还会在我们的墓地上做深情的缠绕和长久的覆盖，表示追悼和缅怀……

三

我从城里回到老家，偶尔也在父亲种红薯、土豆、芋头、花生的地里挖掘，锄头就那么轻轻刨挖了几下，接着就常常刨出一阵吃惊：呀，一大坨一大坨的宝贝，这么多这么多的好东西。想不到，在泥土的埋没中，植物安静地、不动声色地做着多么大的事情呀。

四

我的父亲，以及一生劳作于田间地头的乡亲们，很少或基本没有被所谓命运埋没的牢骚，也从来没发过所谓生不逢时之类的高雅叹息，“种瓜得瓜，种豆得豆”，是他们从瓜棚和豆架上顺手拈来的古老格言。有一次回老家，我与高中毕业没考上大学正在苦闷的我的老同学长安在田埂上散步，我劝慰长安：“别苦闷，埋没是暂时的，总会有改变。”正好被菜地里为土豆上肥培土的我父亲听见了，说：“娃娃苦闷啥？想开些，天无绝人之路。学学土豆吧，埋没了正好长东西呢。这不是埋没，这是给你培土哩。你看，我不也在给土豆培土吗？不多培点土，不埋没个差不多，土豆就不好好长，只长些懒蔓蔓。”

五

萝卜、红苕、丝瓜、玉米棒子……由于它们的形象类似男根，就被乡亲们偶尔挪用，做了暧昧意象，暗喻男女情事，开一些半荤半素的玩笑，在劳动间隙，在庄稼地里，常常笑得前仰后合，身心得以休息和调剂。而乡亲们身边手下正在种植和收获的萝卜、红苕、丝瓜、玉米棒子们，好像也乐意加入这通俗的娱乐，此时看起来也特别性感、特别勃发、特别精神。其实，在乡村，庄稼和植物们不只是供人吃的东西，也是一种生命风景、文化意象和情绪符号。人们不只从它们那里获得身体所需要的营养，也用它们寄托情感和趣味。乡亲们大多不识字，很少有人读书，但他们的语言并不贫乏，趣味也并不低下，这是因为：他们终日、终年乃至终生出入于田野山川之间，耕作于草木稼禾之中，四季庄稼和遍地景物，为他们展开着无限丰富的生命意象和象形语言，这就保持了他们的心灵水土的足够墒情，以及口头语言的鲜活生动，日常生活趣味也自觉或不自觉地保持了“乐而不淫”的底线。这是因为，大自然的意象不管你怎样挪用，它也不会失去其自然属性，只要是自然的，它本身就带着某种天趣或天籁，它也许不会向太高的境界自动升华，但也绝不会向低下的方向坠落，因为只要是自然的，就决定了其边界和底线，自然不会滑向非自然或反自然，自然只是自然而然，自然本身就是“思无邪”的，自然本身就是健康的和率真的。你看，在乡下，在草木稼禾之间，乡亲们即使开点男女玩笑，也绝不下流，不黄，而是绿色、环保、有机的。

六

在乡村，在田野，你不会丢失任何东西，即使你丢失了什么东西，到头来你会发现，你其实什么也没有丢失。那些你不慎丢失了的，它们有的被生灵借用，有的被时间收藏，有的被土地认养。你所丢失的，其实一样也没有丢失。

不仅没有丢失，它们反而趁着这转身的机会和出走的机会，认真地履行了各自的天命和天责，使自己的生命升值，也使大自然的诗意和田园之美增值。

你丢失的那根肉骨头，是被邻居家黑狗衔去送给了它的相好，也就是送给你家那只白母狗了，明年，你家的屋檐下，将走出几只黑白相间的好看的花狗儿。

你家场院丢失了的那些麦粒，确凿无疑是被门前槐树上两只斑鸠吃了，做了它们一部分午餐，它们惭愧却无以回报，为此连连道歉，并在屋顶上天天唱歌和朗诵，表示对你家的谢忱和感念。

你丢失在田坎地边的那些蚕豆，它们安静地蹲在土坷垃里，在来年的四月，它们会用绿叶和淡紫色的花儿打出招领启事，不过，你已经认不出它们了，但你能认出春天熟悉的容颜。

你丢失的那根柳木拐杖，是在走亲戚路上歇息时顺手插在溪边的，忘在了那里，几天后，当你返回，柳木拐杖已经发芽，过些年就长成一棵大柳树，无意中，你在土地上留下了一个多么葱茏的念想和美好的签名。

秋天，大风将你家晾晒的稻谷和豆荚刮走了一些，东家瓦房上撒一点，西家烟囱上丢一些，过不了多久，你就会看见，那瓦房上的稻秧、烟囱上的豆苗，都绿莹莹地向你招手致意，向村庄和土地问好。你知道它们是不结穗子和豆子的，它们短暂的站在高处的一生，是一阵风导致的美丽错误，它们索性就在这短暂的站在高处的日子里，认真地打出绿色手语，把美丽的错误，变成纯粹的风景和纯粹的美丽。

你一边走路一边嗑着刚收获的葵花籽，不小心从手指缝里漏下去不少，沿途掉了一路，来年，你再从这里路过，一排排向日葵托举着一轮轮太阳，簇拥路边，夹道欢迎你，夹道欢迎归来的天使，欢迎大地的情种……

七

与奢靡、浪费、喧嚣、争逐、盛产垃圾的城市相比，乡村是节俭的，朴素的，安静的，平和的；乡村不丢失，只收藏；乡村不制造垃圾，只生长风景；乡村不健忘，有着很好的记忆力。谓予不信，请看——

你多年前在原野上洒下的那些泪水，今天早晨还被草木们捧在手里久久凝视和忆想，它们渴望再次返回你的眼睛，返回你纯真的脸上。

你少年时丢失在雨后松林里的那些脚印，还被松针们一年又一年精心掩藏，等待你回来认领纯真的足音。

你手中飞走的那只童年的风筝，还在村口那棵大槐树的肩膀上挂着，等着你和那阵风一同刮回来，去寻找那透明的晴空。

你放过的那头牛早已不在世了，当年撒在山梁上的牛粪，一部分已被树木吸收，被郑重记载于一段重要的年轮里，一部分已经变成黄金。

你不慎失落在黄昏池塘边的那根像你小胳膊一样白净的莲藕，它索性随了水里的星子，一同藏进池塘深处，过了些年月，当它打起许多绿伞走出水面，池塘已经变成荷塘，后来你回到家乡，才忽然看见，朱自清的月色，正照着你老家的荷塘。

你几十年前坐在老家后门竹林下，吃完桃子随手扔下的那些桃核，其中一颗早已长成桃树，如今也算是上年纪的老树了，一年一度依旧“桃之夭夭，灼灼其华”，保持着《诗经》时代的容颜。上高中的孩子们，春天路过树下，才知道，语文课上背诵过的那些古诗，还活在村子里，老桃树，算得上是那首热烈的春之诗篇的最热烈、最鲜明的注释。

八

多年前，念过私塾喜读诗书的邻居杨贵元爷爷，指着村子中间的那棵老皂角树，对我这个懵懂的中学生说：“娃，你知道吗？这树上的随便一个枝丫，都比我年纪大，甚至比我爷爷的年纪还要大。你把我叫爷爷，其实这棵树才是爷爷，是全村人的爷爷。你知道吗？宋朝的时候就有这棵皂角树了。它结下的皂角，洗过宋朝的衣衫，洗过明清的衣衫，洗过我们先人的衣衫，陆游不是到过我们这儿吗？说不定，这皂角还洗过他那杂着征尘和酒痕的衣衫。你闻见了皂角的清香，就等于闻见了我们先人身上飘过的相似的衣香。靠在皂角树身上，就等于靠在祖先身上，你就感到一种踏实和安详。娃，你信不信？来，娃娃，咱俩坐下来，在树上靠一会儿吧，闭起眼，祖先就走过来了，来，靠紧祖先宽厚的胸膛……”

一群傻瓜在菜地里睡眠

傻傻的土地养出一群傻傻的大傻瓜，
满身满心都是傻傻的感情。

地瓜、黄瓜、丝瓜、葫芦、南瓜、金瓜、苦瓜、香瓜、冬瓜……

一群傻瓜全都在菜园里傻睡。

呼噜噜，呼噜噜，微风里还打鼾。

路过的鸟儿还传播几句它们偷听到的梦话。

全是傻瓜们说的傻乎乎的傻话。

地瓜没进过城，没见过世面，没受过励志教育。

除了憨，它没别的见识和想法。

被我那也没见过世面的爹爹埋没在土里。

埋没了就埋没了。土里暖和，土里有营养。

果然，这没见过世面的傻子，却长成了敦实汉子，地道的瓜。

一排排黄瓜手扶着藤儿做引体向上体操。

比赛的结果皆大欢喜：每一个黄瓜都获得“绿色黄瓜”

光荣称号。

丝瓜走哪儿都喜欢做卷螺丝的游戏。

恨不得在妹妹的窗口也卷几个螺丝，把春天固定在那儿。

也把自己固定在那儿。

亲眼看妹妹怎样一笔一画把自己写进一篇作文。

谁说葫芦喜欢收藏酒？没这回事。父亲说葫芦喜欢收藏露水。

葫芦对人很客气。那天不小心碰了母亲的头。

葫芦一个劲儿道歉，低下头颤抖着对妈妈说对不起。

我妈摸了摸它害羞的头，说：傻孩子，没事的。

快静下来，可别把头摇晕了，把后面的节令摇乱了。

没人知道南瓜花耷拉在地上在想什么。但是爹知道它的心事。

爹把路边串门的南瓜蔓儿领回地里，就像老师修改了我作文的思路。

那花儿立即结出一个嫩瓜，为“善解瓜意”的爹爹点了一个大赞。

金瓜从不拜金，也不拜银。谁起了这俗气的名字？

不过，金瓜不管雅俗，不懂金银，即使你叫它俗瓜、楞瓜、闷瓜也行。

到时候它老老实实捧出来的总是纯正的金瓜。

苦瓜是土地的苦孩子，土地的艰辛和悲苦，它心知肚明。

它尽最大努力把土地之苦藏进自己心里。

能让土地老娘喘一口气，它情愿永生永世都做苦瓜。

苦瓜旁边的香瓜有点不好意思了。谢谢苦瓜大哥。

你把苦水喝了，甘露都留给我这做弟弟的。

土地老娘啊，我身上的香、心里的甜，都是你积的德。

都是苦瓜大哥咽着苦水成全了我，你是大佛，他是菩萨。

冬瓜，大家都看到冬瓜了，顺着农历的线索摸索着走啊走。

不知听到土地一句什么悄悄话，扑通一下，就蹲在那儿不走了。

哪儿都不去了，天堂都不去了。

半夜里月亮走下来把它当枕头枕着睡了一觉。

醒来发现自己也长胖了一圈。嗬，这傻瓜有傻福。

什么福？无非是让自己天天变傻，越来越傻。

直到变得和土地一样傻，能傻在一起的，才是一家！

傻傻的土地养出一群傻傻的大傻瓜，满身满心都是傻傻的感情。

都是傻傻的思念，都是傻傻的不掺任何杂质的淳朴营养和单纯想法。

傻土地什么都见过，见过尖锐的刀锋厉害的轮子伤心的毒药。

见过精明的算计残酷的榨取贪婪的脑瓜。

傻土地都快被贪婪的脑瓜榨干啦。

好在天上有傻太阳傻月亮傻星星傻银河。

照着傻傻的土地老妈，老妈怀里还抱着希望的种子。

抱着一群憨厚的孝子，一群憨厚的傻瓜。

要不是怀里还有这样的傻瓜，土地老妈真的受不了啦……

总 | 有 | 喜 | 鹊 | 待 | 人 | 来

02

人不一定还能变成人，

草一定还能变成草。

柳木菜板

在面对老树跪拜忏悔的仪式上，
爹竟流下了泪水。

是父母生前，留给我们的这个柳木菜板。

故乡漾河边有大片大片的柳林，林子里有许多老柳树，其中靠近田边的那棵老柳树，童年时我就认识它，它也认识我，它认识我的光脚丫子和小胳膊；我熟悉它身上哪儿有个鸟窝，哪儿有个虫眼，哪儿有一处刀痕，我同情它受过的疼痛，也羡慕它的好脾气，羡慕它春天里绿茵茵香喷喷的好头发。我一次次爬上它的树杈，也并不为什么，只是想站在高处，眺望一下河流和村庄，眺望一下田野里劳作的乡亲，吼几句不成调子的歌，大声嚷几句没有什么意思的话，比如：春天你好，云娃你在哪儿，鸟儿你们往哪儿飞呀，河流你见过海吗，快看我长高了，等等。然后，呲溜几下溜下来，返回到地面，返回到清贫朴素却也不乏快乐的单纯生活。

后来村里分田，这棵老柳树紧挨着我家的田坎，也就归了我家。可是，树荫遮阳，妨碍庄稼生长，又因上了年岁，树皮剥落，枯枝渐多，已呈衰败之象。我爹就把老柳树砍了，砍树前，爹爹在树下点了香，跪拜叩头，请土地母亲宽恕，请老树之魂原谅。爹朴实厚道，人很灵性，又重感情，对人，对天地山川草木生灵，都视同父母亲人，深怀着感念和亲情。在面对老树跪拜忏悔的仪式上，爹竟流下了泪水。然后，他才不情愿地、愧疚地举起了那沉重的斧头。

这个菜板，就是老柳树的一部分。当时，爹用那老树身板做了几个菜板，爹妈用一个，其余送儿女用，我住在外地城市，爹妈也给我留了一个。

后来，爹妈先后去世，也没留下什么遗产和遗物。这柳木菜板，就成了他们留给我最后的纪念，也成了故乡留给我的影子和念想。

菜板上的小孔，就是柳树身上的虫眼，它当年的经历，它有过的痛和痒，成了它的眼睛，也是故乡的眼睛，每天，每时，故乡都在用那深沉的眼睛固执地看着我，看着我的生活。

菜板上一圈圈的年轮，一波波的木纹，保存着漾河温柔的波浪，收藏着故土的风雨和呼吸，说不定，我童年时坐在树杈上说的那些话和我身体的气息，也珍藏在那细密木纹里。

就这样，在柳木菜板上，我切菜，切藕，切葱，切姜，偶尔也切肉，叮叮当当，叮叮当当，在故乡温润的年轮上，我听见了一声声方言和叮咛。

我切的土豆丝最见水平，均匀而细腻，木讷的土豆，在我手里渐渐变成闪光的金丝。就这样，在纷乱有时显得混沌的日子里，在窄逼的厨房，在故乡眼睛的注视里，我有了平和的心境，我尽量把内心整理得均匀而有光泽。

而当切肉、处理鱼的时候，我记起父亲当年向老柳树跪拜忏悔的情景，我也在内心感激着自然的养育和生灵的牺牲，我手中的菜刀看起来与屠夫无异，但我心里却起伏着一种复杂的感情。生活的过程就变得不那么理直气壮和心安理得，而是伴随着反省、不安、不忍和一种隐隐的痛感，而菜板上切割的程序，就加入了对山川草木和万物生灵的感念和缅怀。我当然是在做饭和吃饭，并且不拒绝营养和美味，但同时，在做饭和吃饭的时候，我也在咀嚼和反刍着其间蕴含的更多的滋味。

菜板越来越薄了，越来越瘦了，在它憨厚柔韧的身上，留下了密集的刀痕，那都是它隐忍的伤痕。看着这重重叠叠的伤痕，我这才意识到，我一次次切割着食物，切割着生活的细节，我对生活的坚持和爱，其实是以一种似乎热爱的方式，一遍遍地让日渐瘦弱的土地和故乡，不停地受伤受疼。

面对菜板，我时常问自己：你天天吃饭，时时消费，多少粮食在这里魂飞魄散，多少生灵在这里粉身碎骨，多少绿叶在这里香消玉殒，而你对土地、对故乡做了什么？不用思量，我很愧疚，除了对土地的依靠，对故乡的索取，我实在没做什么，我不曾给她浑浊的河湾送去一勺清流，不曾给她板结的记忆送去一点春墒，不曾给她荒芜的院落送去一声问候，也不曾为她即将失传的歌谣续写几句新词，要说我做了什么，就是在远离土地、远离故乡的地方，我直接或间接地仍在不无贪婪地吮吸着土地的营养和故乡所剩不多的乳汁，因此，我生活着，追逐着，甚至跳跃着，其实也是在有意无意地，让土地和故乡受伤着，受疼着，受苦着。

这时，我刚刚举起的已经习惯于在菜板上切割的菜刀和我的手，忽然羞愧地迟疑起来，终于停了下来，停顿在窗外匆忙飞过的一声鸟叫里。那鸟叫，是好久没有听见过的故乡常见的那种斑鸠的叫声，我的父母生前最欢喜听的那种鸟的叫声，也是我小时候经常在河边柳林里听见的那种抑扬顿挫好像是背诵农谚又像是朗诵古诗的好听的声音。它匆忙地飞过去了，匆忙地传给我一个远方的口信，就头也不回地飞远了。

我不能再在这越来越薄越来越瘦的柳木菜板上切割和砍剁了，我一次一次切割和砍剁的，是越来越薄、越来越瘦的故乡的影子啊。

这仅存的故土的年轮，实在经不起继续砍剁，我也不忍心再砍剁下去了。

再砍剁下去，我将一无所有。

就这样，故乡留给我的一个柳木菜板，终于成了我记忆的图腾。

我把它郑重地挂在书房中间，望一眼，我就想起了父母，看见了故乡，看见了土地。

我思量着，我应该对土地、对故乡，好好地用心去做点什么……

磨的幻象

我跳下床，跑出门，
看看母亲的手磨，
又看看天上的月亮，
一时分不清人间天上手磨月亮。

圆的事物，总与美、与和谐、与情义有关，小如这手磨，大如地球、太阳、月亮、星斗、星系，还有那仁慈的眼睛、纯真的露珠、秤的准星（它是公正的象征）、煮饭的锅、盛饭的碗——它们与我们生命的渴望保持着呼应，没有谁乐意将一个三角形或锥形的尖锐器皿捧在手中递给等待的手和嘴唇；世上所有的花朵不约而同都是天生的圆形，围绕着内心的秘密，它们展开芳香的旋涡，让蜜蜂、蝴蝶、无名的虫儿以及人的眼睛，不止一万次被俘虏，沉没于春天的激流。

我曾做过一个梦，那时我已经上学了，读过一本天文学画册，梦里就有了知识的影子，但景象却是神秘的、魔幻的，我至今记得那个梦——

半夜，我家屋檐上的月亮忽然旋转起来，转速刚好与母亲正在推动的手磨的转速一样，转着转着，那月亮就落在了母亲的手里，变成了一扇磨盘；而母亲的手磨却变成了一个月亮，转着转着就飞到了天上。月亮与手磨交换了位置，月亮变成了地上的磨盘，磨盘变成了天上的月亮。我把这个过程看得清清楚楚，梦里都大睁着惊奇的眼睛，母亲对此却浑然不觉，她仍然用力地推动手磨，她不知道，她手里转动的已经是天上落下来的月亮了，而原来的那个手磨，已经挂在天空，此时正照着木桶里白花花的豆浆。

我在惊讶中醒过来，但仍沉浸在梦境中，我跳下床，跑出门，看看母亲的手磨，又看看天上的月亮，一时分不清人间天上手磨月亮，我就从母亲手里接过手磨推起来，母亲感到诧异，说：我娃咋了？深更半夜不睡觉？我仍然还未从梦里走出，迷糊着对妈妈说：我想知道这个手磨是不是那个月亮。

直到鸡栏里的鸡叫起来，我才完全清醒。

从那以后，我有了只属于我自己的天文学：所有的星斗、太阳、月亮、银河系，以及整个宇宙里无数的旋涡星系，它们都是大大小小的磨盘，火的、金属的、石头的、液态的、气态的、梦态的磨盘，以不规则的圆形，以大致均匀的转速，旋转在各自的磁场，而又被更大的磁场所吸引。旋转着，又支持了更高的旋转；吸引着，又服从于更大的吸引。这情景被无限复制和无限循环，滚动着、波动着、颤动着，就形成了令人战栗、令人百思不得其解的壮丽的宇宙幻象。而幻象的深处，那旋转着的星球的海洋（磨盘的海洋），肯定有着一个永恒的核心动力，是它推动着这激动人心的伟大过程……

凝视时间

——写在考古博物馆

岁月在她手中渐渐波动起来，
渐渐有了深度。

石　斧

犹闻荒蛮中一声声钝响。

掷向虎，掷向狼，掷向莽林中的牙齿。

掷向迷茫和虚无，开辟生存的险径。

掷向内心深处的恐惧，打捞出星星点点的喜悦。

用石头撞击时间的石头，回声四起，迷狂的眸子里，升起感恩和敬畏。

掷向寂静的夜晚，宇宙的第一首打击乐，开始塑造审美的耳朵。看哪，又聋又哑的星星也开始倾听。

掷向汹涌无常的河流，捕捉经验的鱼。

掷向仇恨，试探宿命的底细，是否有一种温暖的感情，打动荒凉的天空？

或许曾经掷向情敌，歇斯底里的石头，流露了日后的坚贞？

或许曾经掷向另一个部落，石头把石头撞碎了，渐渐地，他们发现了一种撞不碎的东西；渐渐地，他们认识了一种不难辨认的图腾：心。

在无边的荒原，他们制造小小的声音。

那投掷的手势，在闪电和波浪之外，划动诗意的曲线。

老茧布满他们的手，皱纹布满河流。

河流远去，手远去，最初的手相留传下来，化作我的手纹。

是谁？举手掷过万古，我眼前落满记忆的石头……

青铜剑

拭去锈斑，隐隐看见一道寒光。

剑刃上，是否还保留着血，和血光里惊恐的眼神？

剑柄上，是否残存着英雄的手纹？

曾佩在谁的腰上？炫耀着一个部落的尊严和威风。

曾握在谁的手中？或许为了制止疼痛，才去制造疼痛？

历史流血不止，断简残页，如小小的绷带，怎能包扎遍地伤口？

剑到达的地方，花朵也不敢开放。过多的血，过于奢侈的肥料，浇灌不出动人的风景。

如此精致的杰作，却是一把凶器。

如此传奇的英雄，却是一个凶手。

考古学家说：战争是古代的一门重要艺术；剑，是那时的艺术品。

那么，是否可以说：死亡是这种艺术的最高意境？

握剑的和被剑刺中的，共同合作完成了艺术。

这样的艺术过于残忍。

用剑去整理生活，用剑去收获成功，历史，曾经就是这样血淋淋地暴戾。

即使用纯金铸成的剑，也不能写出一首小小的诗。

诗，总是用那些柔软的东西写成：羽毛、三叶草或流泪的手指。

在剑的影子里，诗生长出来，嘲弄它，劝阻它，无限悲悯地抚慰那些伤痕。

握剑的手和被剑洞穿的胸膛，都化作泥土，化作遍野的青草。

剑仍留在地下，与时间厮杀。

无数的剑返回深山，重新变成岩层深处的矿藏。

时间才是常胜将军，它不用剑，它赤手空拳，不动声色就战胜了一切。

那些一再被剑蔑视的三叶草，在细雨里，在古原上，仍安静地，商量春天的颜色……

陶　罐

我听见古河的声响。

我听见泉，我听见六千年前的暖流。

我看见母亲跪在水边的背影。

我看见她把水舀起来，把月光舀起来。

我看见岁月在她手中渐渐波动起来，渐渐有了深度。

我看见陶罐里她的脸、她的表情。

母亲，你使儿女们看见了生活的波浪。粗糙的记忆渐渐妩媚起来，抬起头，就看见那么多的鸟，从远天向水面会集，投下那么好看的影子。

母亲，你把大河里的水舀起来，用温柔的手拨去咆哮的泡沫，清流一点一滴，喂养了最初的梦境。

母亲，你把深渊里的水舀起来，斥退那凶险的龙蛇，让惊魂未定的孩子，看见水里微笑的眼睛。

母亲，你把大海里的水舀起来，放进你的灵魂，滤尽苦涩，提炼出透明的乳汁。

母亲，你把天河的水舀起来，你面对一个不知底细的宇宙，女娲刚刚补好的天空，仍有坍塌的危险。在无尽的忧患里，你的爱也延伸到无尽。你把手伸向天外，你把天河的水舀起来，使浅浅的人间，从此深邃。

母亲，我看见你捧着陶罐的手，那么疲惫和苍老，我看见波浪漫上你的手心手背，我看见滔滔逝水，都凝成你的手纹。

母亲，我看见你枕着陶罐沉沉睡去。你睡成时间的上游。大河，从你那里一点一滴发源，我们一代蹚过一代，加深了历史的河床。

母亲，我终于看见我的源头了。纵然你会消失，海会干枯，母亲，你深藏的河水，不会断流……

酒　杯

空空的杯子里，盛着千古。

浅浅的，却深到无限。古海深处，埋着多少沉船。

谁能打捞古井里的月光?

饮者们来了又去了。杯子不动。

饮者们醉了又醒了。杯子不动。

这青铜的杯子，灌醉了多少人生，而它始终清醒。

月亮碎了多少次，人生碎了多少次，这青铜的杯子始终完整。

渊明来了，哼几句酒令，化一缕菊香飘去。

李白来了，唱几曲酒歌，化一片月光飞去。

河流不停地亲近我们又放弃我们。我们捧起来酿成酒的，能有几杯？

我听见碰杯的声音。万古一遇的月夜，他们碰杯。当他们碰杯，天上，正有几颗流星，交换陨落的方向。

月光返回天上，盐返回大海，酒返回河流。

无数饮者的背影越去越远。

这青铜的杯子，仍纹丝不动。

杯子啊，你才是不露声色的豪饮者。

你把千古一饮而尽。

大海仍在奔涌，酒仍在发酵。

你放开酒量，饮又一个千古……

古　镜

我好像来到过去的海边。我想打捞从岸上掉下去的往事和身影。

我好像来到地底的岩层。我想挖掘百合、荆棘鸟和灯芯草的化石。

这是多么无望的考古。我一无所获，我面对的是一方虚幻。我甚至找不到我的影子。

这是帝王用过的吗？每天，他登上镜台，整理王朝的衣冠，调整社稷的表情，也许天上一朵云飘过镜面，删削了他的脸，这多少平息了他的狂傲，在小小的王朝之外，毕竟，他甚至无力摆布一朵浮云。而他，不也是一片云飘过镜面？

这是美人用过的吗？微笑，慵倦的神情，顾盼的美目，这小小的镜面，盛不下如许的丰富和生动，如超载的船，颠簸于湖水，幻象重叠着幻象。

镜子，你是贼，你盗窃过多少微笑、表情和美貌。

而镜子是这样坦白，除了一闪即逝的幻影，它没有任何秘密，也没有任何遗憾——不管闪过去的是帝王的脸还是美人的脸。

镜子不准备保留任何东西。最迷人的笑也不会打动它。

镜子只喜欢收藏一样东西：灰尘。

我不敢擦去那层灰尘，我害怕看见镜子深处埋藏的表情。

我更害怕什么也看不见。

镜子并不欣赏我们。镜子只给我们提供自己辨认自己的机会，让我们面对镜子里出现的那个家伙，说：你是谁？你从哪里来？你到哪里去？

玉　镯

我努力想象你当年的样子，八百年前或数千年前的样子。

你贴紧一些手，倾听那温暖的脉搏。血的潮汐起伏着，你起伏着。你使那些手增添了重量和光色。手伸出来，岁月闪过一圈玉质的妩媚，安慰了生存的荒凉。

我想起溪流里或大河里亮晶晶的石头，它们厮守着波浪，追逐着流水，然后沉于水底，使变幻无常的命运有了可以打捞的秘密。

当溪水断流、大河干枯，那些石头仍守在荒芜的记忆里，无声地述说着：这里曾经有过水汪汪的岁月，丰茂的水草里，出入着鱼群和鸟群。

捧起石头，仍能听到那水汪汪的岁月。

我捧起玉镯，却怎么也听不见那遥远的脉搏。母亲，你柔软的手臂，怎能变成荒野的白骨？

我不该这么伤感。云飘过去，天空一片虚无，在虚无的高处，我应该看到还有那么多星星，它们仍谨慎地守着各自的心事，用星光的手语，镀亮大地上的事物。

我不该这么伤感。在母亲们的遗物面前，我首先应该感恩。感恩，或许我身上正有她们的血液，或许我的头发，曾经是被她们的手抚摸过的古原青草。隐隐约约，我们和共同的大海都有某种盐的联系。母亲哪，不论你高贵或卑微，隔着遥迢时空，我们都继承了你的血脉。

我捧起玉镯，像捧起那些温暖的手，淙淙地，淙淙地，我听见那些脉搏，与我的脉搏应和着。我听见河流没有中断，流过峡谷，又注入另一个峡谷。

我看见母亲们的手伸过来，一道玉的光芒，划过夜晚。

玉，坠落了。而母亲们的手仍固执地举着，在遥远又遥远的夜里，打着温暖的手势……

屋　檐

没有屋檐的日子，
也不会再有那种不期而遇的相逢。

还记得少年时，上学途中，或是采猪草、采青的那些日子，忽然下起了大雨，有时是雷鸣电闪的暴雨，有多少次，都是善良的农家屋檐，收留、搭救了我，那颗被风雨追赶的激跳的心，贴紧土墙停靠下来，终于静下来。抬起头，发现还有别的难兄难弟与我同处一个屋檐，三五只燕子和七八只麻雀也在屋檐下避雨，它们轻声议论着夸奖着这是一个好心人家。这时，会从屋里走出一位大嫂或大爷，及时制止和教育那汪汪叫着的狗，轻声地问："没有淋湿吧？"劝慰着："没关系的，别怕，过会儿雨就停了。"说着，一碗热开水已经递到我手中了。他们会坐在门墩上，与我聊一会儿天，说一些村里的事；还有更热情的，就让我坐进屋里，招待我吃一点他们刚刚从屋后果树上采摘的鲜桃和杏子。我至今记得，有一年冬天割柴遇大雨，我跑进农家坡一个李姓人家屋檐下避雨，大娘见我浑身湿透，怕我感冒，赶紧熬了葱姜醋汤让我喝……

钢筋水泥的建筑，渐渐代替了昔年那些土墙瓦屋。如今，乡村是没有屋檐的，除了供自家使用的房间，没有任何多余的地方留给路过的鸟，留给路过的行人，留给路过的心跳。下雨的时候，谁去收留那个疯跑的孩子？刮风的时候，谁去搭救那只风里打旋的小鸟？

没有屋檐的乡村，我担心，会失去那种淳朴和善良；没有屋檐的日子，也不会再有那种不期而遇的相逢，那种他乡遇故知的惊喜，那种患难见真情的感动。

我怀念着昔年的屋檐，常常，走在一个陌生之地，总是情不自禁抬起头端详和寻找什么，眼睛遭遇的往往是一片空白，心里忽然就觉得空落。

我明白，我是在寻找屋檐，那善良的屋檐……

草　墩

人不一定还能变成人，
草一定还能变成草。

一

把晒干的稻草一束束编成草绳。再把一根根草绳编成一个个草垫。然后，再把一个个草垫重叠着编起来，就编成一个个草墩。

小草墩、大草墩，矮草墩、高草墩，我们家，屋里屋外蹲着好多草墩。

二

仿照浑圆的旭日的样子和浑圆的月亮的样子，祖先设计了草墩的造型，它们的温润和圆满，填补了生活的种种残缺。

三

世上的草，总是很安详的，我没有见过不安详的草。青草，有一种沉浸于生长之欢喜的安详；干草，有一种心愿已然完成、执念尽皆清空的通透和安详。草墩，由干爽的稻草涅槃而来，自有一种更为沉静的质朴的安详。

现在，安详的草墩，安详地望着你，你对自己的浮躁和不安详，有点惭愧。

四

父亲编草墩的时候，我们家，满院子都是稻草，满屋子都是草香。

门前大槐树上的花喜鹊，也叼了几束稻草，在窝里铺上柔软被褥，布置了新婚洞房。

屋梁上的燕子，叽叽喳喳帮我们统计，父亲编了多少个草墩？一、二、三、四、五、六、七，不对，再加一个，总共八个草墩，堂屋、睡房、厨房、放家具的侧房，都蹲着大大小小的草墩。

院墙上牛子眼里居住的麻雀儿，也从父亲手边衔走一些香喷喷的草絮，放进窝里。它们说：谢谢啦，老人家，俺们本事小，帮不上你的忙，俺们每天，就在院子里给你唱几首歌吧。

鸟儿们一边参观父亲编草墩，一边仔细修缮和美化自家的住宅。

父亲是草根美学家，鸟儿们是研修自然美学的学生。

五

草墩，里里外外全是草。就像那时的乡野，生长的全是草本植物，没有几样是钢铁塑料水泥。

草墩，经经纬纬全是草，就像和我们家来往的亲戚，清一色全是草根布衣。

六

小孩坐小草墩矮草墩，大人坐大草墩高草墩。

客人来了，就让客人坐在高草墩上，我坐在矮草墩上，听客人说话。爹爹说，上门的客人都是座上宾，不能让客人坐矮草墩。

娃娃，记住：这草墩，没靠背，没扶手，自己要学会坐端正。

站有站相，走有走相，睡有睡相，坐有坐相。坐在草墩上的人，要像草墩一样敦厚、可靠，有一种来自土地的静气。

娃娃，我们是草一样的人，我们是干净的人、干净的草。

坐过草墩的人，是心肠柔软、身上有草香的人。

——草墩上，放着一本看不见的民间美学和伦理学。

七

上小学二年级的时候，我坐在草墩上，写了第一篇作文:《我爱我家的草墩》。

教语文的唐老师给我打了 96 分的高分，我放学回家把作文念给草墩听，草墩越听越高兴，草墩笑容满面，浑身的稻草都笑成了一根根闪光的金条。

八

我们家的那只黑猫，也爱蹲在草墩上，睡觉、打鼾，睡醒了，扯几个懒腰，喵喵喵，喵喵喵，连声夸奖草墩真妙，这农家小院真妙！然后仔细洗脸、整理仪表。它认为，能在草墩上——在黄金铸造的梳妆台上，在蓝天白云下，把自己打扮得又干净又体面，这肯定是国王也绝不曾享用的待遇。

而坐在另一个草墩上闭目养神的小白狗，对此表示不能完全同意，汪汪汪，汪汪汪——它说：那么，你是说，我就是国王了？

九

鸡并不参与猫和狗过于空洞的争论。每一个清晨，大红公鸡准时跳上最高的那个草墩，亮开金嗓子开始了震撼世界的美声歌唱，终于唤起了在村头山边刚刚睡醒正在揉眼睛的一轮旭日。

母鸡带着一群小鸡，围着草墩散步、找虫儿、做游戏，在房间与房间、草墩与草墩之间转来转去，学习和研究不同的地理知识与营养知识。

十

有一个晚上，我和小朋友在院子里疯跑捉迷藏，看见草墩也在院子里奔跑，草墩也在追赶草墩，院子里奔跑着草的笑声。

我赶紧停下来，草墩也停了下来。我走过去摸了摸草墩，感到草墩确实是刚刚奔跑过的，还在轻轻战栗着，草墩身上冒着热乎乎的草香气。

我猜测，草墩总是坐着等我们来坐，当我们坐下来，其实是貌似悠闲坐着的草墩，暗暗用力积攒着草的精气神，用力地托举着我们。

草墩们一天到晚都坐着，是很寂寞的，趁着我们奔跑的时候，草墩们也悄悄奔跑，草墩追赶着草墩，草墩问候着草墩，虽然有点累，但是草墩们很高兴，草墩身上的每一根草都很开心。

十一

还有一次，在秋天的晚上，月亮又圆又亮，我到邻村罗家营看完电影回家，一走进院子，看见蹲在月光里的大大小小的草墩，很亲热地围在一起，我听见它们在小声说话：晒月亮，晒月亮，我们很嫩的时候，就在稻田里经常晒月亮。

听见我的脚步声，草墩们立即停止说话，惊慌地急忙返回各自的位置，然后，蹲在自己的影子里发呆，好像互不认识。

从那以后，我再也没有听见过草墩说话，也没听见过任何草木虫鱼说话。

我妈说，小孩子在七岁以前能听见草说话，树说话，星星说话，天河说话，月亮说话，石头说话，蚂蚁说话……七岁以后，人心里的天窗就关闭了，就隔绝了天意和天语，只能看见人间的琐事，只能听见世俗的动静。

那个有月亮的晚上，我听见草墩在说话，不，是它们用草言草语，在幸福地歌唱心中的月亮：晒月亮，晒月亮，我们很嫩的时候，就在稻田里经常晒月亮……

十二

父亲编草墩，大家叫他草匠；我后来编报纸，大家叫我编辑。

其实父亲也是编辑。

我编辑着速朽的版面，刹生刹灭，在轮回的纸浆里，文字叹息。

父亲编辑着生活的座位，缘起缘聚，在敦厚的托举里，日子安稳。

我们都在编辑着时光和命运。

坐在父亲几十年前编辑的草墩上，我读着一闪即逝的新闻。

其实坐在年深月久的草墩上，更适宜读经、读史、读诗。

尤其适宜读《诗经》《坛经》《金刚经》，读陶渊明的田园诗。

十三

草墩心肠好，冬暖夏凉，懂得体贴人，体贴生灵。夏天坐在草墩上，人、猫、狗都不热，草墩能吸汗；冬天坐在草墩上，人、猫、狗都不冷，草墩暖身子。

十四

草墩气味好，一年四季都散发着一种草香味，用了好多年，有的都磨破了，还飘着多年前清秋稻谷的气息。

十五

草墩有灵性。有一次我不小心做了错事，父亲发脾气，拿起小草墩摔过来想砸我，没砸中，草墩滚落地上，骨碌碌在院子里奔跑，跑了好远也不停下，好像要离家出走，把父亲给逗笑了。

十六

草墩能养生。父亲一辈子爱编草墩，也最爱坐草墩。他说，坐在塑料凳子上老是怕塑料断了把人摔倒在地上，坐在铁椅子上老是怕被尖锐的铁家伙扎伤了身子，坐在泡沫沙发上又怕窝弯了脊梁骨。坐在草墩上，身子踏实，心思柔软，闭起眼睛就能看见自己栽种的一茬茬稻苗新秧。

十七

草墩能善终。我们家最后一个草墩，是父亲晚年编的。我们坐过的塑料凳子、泡沫沙发和铁椅子，都陆续烂了、坏了，要么扔进了垃圾堆，要么卖给了废品站。唯有这个草墩，一直把父亲陪到最后。那年深秋，父亲坐在草墩上，目送他一生中的最后一个落日。

当晚后半夜，父亲安详去世。

十八

草根永不灭。我们按照父亲生前的遗愿，将那个草墩，埋在他的坟地。他曾说，他的魂，要在月夜里出来走走，在熟悉的草墩上，时不时坐一会儿，听听人世的动静。

父亲还曾说：人命也像草命，都从土里来，又到土里去。人不一定还能变成人，草一定还能变成草。娃们，看见地上草木返青，你们就想起那个在草木里走过去的人。

如今，父亲坟上，草色青青……

拌　桶

放眼望去，无边原野到处是拌桶，
到处是挥汗如雨的乐手，到处都在演奏，
到处是春雷般的共鸣，到处是美好的回声。

那时没有打谷机、收割机，水稻脱粒全靠手工，乡亲们割下稻子，一束束放在田里，三面绷着竹席（以防止谷粒撒落田里）的长方形拌桶跟在后面，一面空着用来脱粒。负责打谷子的是壮劳力，两人一组，一左一右，一桶两组，轮番上场，他们用双手握起稻束，高高举过头顶，然后重重摔在拌桶板上，再轻轻点两下，将稻束上的谷粒抖落进拌桶里，如此反复摔打，脱落了谷粒的水稻就变成了稻草。这是持续不断的劳作，也是乡村音乐的连续演奏。田野里一片此起彼伏、节奏鲜明的交响。那声响的节奏感非常强，非常壮美，是一种豪放派的打击乐。有多少个拌桶在同时演奏着这动人的音乐。放眼望去，无边原野到处是拌桶，到处是挥汗如雨的乐手，到处都在演奏，到处是春雷般的共鸣，到处是美好的回声。我们不该妖魔化大地上走过的所有日子，肯定有过苦难和荒唐，但大地有其巨大的自净能力和自我生长的本领，即便是人民公社的年代，在我小小的年轮里，刻录的有苦涩，也不全是苦涩，也有貌似壮伟的场景，也有理想主义的云霞，也有只会在那种场景里才能听见的动人交响。我那时在上小学，每当到了收水稻的时节，我心里就涌起一种莫名的兴奋，我最喜欢看大人们打稻子的场景，特别是听到满田野回荡起如雷声轰隆的拌桶的声音，我竟感到这是人活着能听到的最好的声音。经常用双手蒙住双耳，然后猛地将手放开，海潮般的声浪就铺天盖地涌来，淹没了我小小的童年。

写到这里，我情不自禁停下来，耳边真的有声音涌动，如潮水漫过此刻。我相信人的身体的各个部位都是有记忆的：胃藏着故乡饭菜的味道，鼻子刻着童年草木的气息，手上的某个伤痕记着那根不友好的拦路荆棘，脚板底下还滑溜着几十年前那条泥鳅……此刻，我的耳朵里有音乐的潮水流淌，有音符的颗粒密密降落，我将双手贴上双耳，竟掬起满满两捧，还飘着稻谷的新香。

而且我听见了那打击乐的优美节奏，由远而近，我听见了那音节，是这样的：

前奏——

通——通（乐手甲乙将手中高举的稻束先后重重摔在拌桶上），

擦擦——擦擦（重重两下之后，乐手甲乙将手中稻束轻轻点两下），

洒洒洒——洒洒洒（谷粒纷纷落入拌桶）；

高潮——

通通通，擦擦擦，洒洒洒洒，

通通通，擦擦擦，洒洒洒洒，

通通通，擦擦擦，洒洒洒洒（乐手甲乙协奏），

尾声——

通擦，通擦，通擦，通通擦，洒洒洒，

通擦，通擦，通擦，通通擦，洒洒洒，

洒洒洒，洒洒洒……

制造这些难忘声音的乐手，那淳朴勤劳的乡亲，当时都是壮年，现在他们多数都已不在人世。他们不只是用劳作换来的粮食养活了许多人，他们亲手制造的雷声，亲手演奏的美好音乐——那是大地上最质朴、最单纯、最意味深长的音乐，也浇灌了一个孩子小小的心灵。

我永远感激他们，我深深怀念他们……

采 青

云絮在身边飘动、聚散，
时不时有一只鸟从前面草丛里惊飞，
我们吓它一跳，它也吓我们一跳。

头天晚上就要把镰刀磨好，第二天鸡叫二遍，起床做饭，吃了饭，扛起尖担，腰里别上镰刀和干粮（多数是几块锅盔，也有的是米饭），踏着月光和露水，走过田野，过了小河，再走一片起伏的田野，天渐渐亮了，这支采青队伍也进山了。

山在原野尽头陡然升起，没什么铺垫和过渡，一下子就竖了起来，像一把把长短不一的锥子，戳向天空，这样的突兀和凶狠有点不应该，有点没来头，有点不厚道。小时候，没进过山之前，我站在家门口看远处的山那气汹汹的样子，就担心若是有人爬上哪个山顶，很有可能会被那尖锥子扎破肚子，鸟若是飞得太快也会被剐烂翅膀，多亏月亮与山顶保持了不远不近的距离，不然会被割碎掉下来，黑夜就黑得没救了。

随了大人上山采青，才知道真正的山并不是我以前想的样子，山站立得很有道理，即使很陡的山，也有它陡的道理，它是做了认真准备才陡立起来的。我们沿着瘦瘦的山路，在山的身上缠绕，转一个弯是一种感觉，再转一个弯又是一种感觉，好像每一匹山色都是不一样的，重重叠叠的山，就像深浅颜色不同的青布蓝布折放在一起。我们是在一层层抖开的散发着清香的草青色布里行走着。

妇女和姑娘，力气小一些，到半山就停下开始采青，我虽是小孩，却贪爱山色，一直随大人往深处钻，往高处爬。白云在半山腰以上就起了絮，越往上絮成朵，再往上朵连成了垛，渐渐垛与垛相连、相叠，就成了墙垛，成了车船，涌动着，翻飞着，变化出各种形状，有好多是我没有见过、也叫不出名字的形状。山顶已被棉花的波浪淹没。我们继续往上爬。

这时往下看，已经看不见那些妇女姑娘，她们早已失踪在白云里了，如果她们看我们，一定觉得我们已经去了天上，被白云卷走了。

快到山顶，我们停下来，青草茂密得已经拦路不许我们再走了，我们不正是要找草吗？这么多的草、这么好的草，在这里等着我们，等了多久了，现在开始纠缠我们，要随我们一同下山。

我和父亲、杨贵元爷爷、成业叔叔、李正文哥哥、保元表哥等十几位乡亲，各自隔开一段距离，放下尖担、干粮，作为各自的根据地，挥动镰刀将四周青草一层层放倒。云絮在身边飘动、聚散，时不时有一只鸟从前面草丛里惊飞，我们吓它一跳，它也吓我们一跳；湿漉漉的青草一碰上镰刀的刃口，嚓嚓几声就倒下了，刚才那么精神的草，很快柔软地倒在我们手里，这时候，我忽然觉得对不起它们。也许它们阻拦我们并不是想与我们一同下山，而是阻拦我们不让我们上山，这是它们的家，它们抗议我们闯进它们家里，而且是带着凶器闯进来的。我心里又想，草待在这里也会被牛吃掉，我们到这里来，是代表牛请它们下山，反正牛是吃草的，草是养牛的，用贵元爷爷的话说就是它们各有天命，能够各尽天命，就是福气。贵元爷爷的话我半懂不懂，但五十多岁长辈的话总不是乱说的，他的话，让我心安了许多，我手里的镰刀也不那么迟疑了，好像也把道理想通了。

我们把割倒的草铺开晾晒在阳光下，满山的青草色，满山的青草香，太阳朗朗地照在草上，青草的清香渐渐蒸腾出热烘烘的浓香，有点像父亲酿黄酒时，从被子紧捂着的酒缸里漏出的酒味儿，香里带着点儿甜，甜里带着点儿辣，漫山遍野笼罩在这好闻的酒香里，我们都有点儿醉了。

太阳偏西，草快晒干了，我们在山泉边阴凉处，喝泉水，吃干粮，歇息。然后，将晒干的草用绳子捆成捆，用尖担挑着，晃悠悠下山。烈日下忙了一天，割草时已经用去了一半多力气，此时还要挑着草担赶路，人还是很累的。路边的溪水哼着自编的曲子往山下走，大人们受了启发，也边走边哼唱一些山歌，或是俏皮风趣的情歌，哼唱的节奏调节着脚下走路的步子，步子踏着节奏移动，就仿佛不是在起伏不平的山路上行走，而是在一首曲子里，在一个风情故事里漫游，歌声就这样冲抵了乏累，单纯的快乐在劳动中生发。路似乎缩短了，因为山歌被反复接续，即兴填进的歌词有对此次朝山过程的夸张描写和对最近村里事件的喜剧式褒贬，山歌的内容与草担下的人们有着好玩的关联，听着听着就有人笑起来，曲子被续长了许多，山路就被曲子缩短了，耳朵还在无意识地等下一段，眼睛却看见已走出山口，远远地看见河对岸的家了。

我多次随大人们上山采青，那是很累的活儿，但也是很有意思的活儿。人在满山草色中，在满山露水中，在满山白云中，在满山鸟鸣中，如果你正好与有趣的人在一起，你会在浓郁草香里呼吸到民间的古老风情，那是真正来自广袤泥土的草根文化。

我最后一次上山采青，是考上大学后的 1978 年的第一个暑假，这次是一个人上山，有一点告别的意思，我估计以后不会再从事这种劳动了，我很认真地面对向我涌来的每一丛草，不无怜惜地割下它们，它们当然不知道这大约是我最后一次用这种方式和它们相遇。当然它们用不着伤感，说到底是我失去了它们，而它们则一如既往地守着这里的水土，岁岁涌翠，年年返青，使我们总能抬头看见那令人肃然起敬的青山。

果然，那次之后，我再没有采过青，我竟然真的告别了这古老的劳动。别人可能会说我解脱了，我当时也有解脱的感觉。但是，时光如水，年轮倒转，我如今彻底明白：青草失去我，青草仍是青草，青山没有我，青山仍是青山。但是，我失去了青草和青山，生命里再没有了葱翠和露水，再没有了荡胸的白云、润心的清泉和那漫过古今的草的清香。

曾经，那时候，我的面前，我的四周，我的怀抱里，有过那么多的青草，那么好的山色……

风　车

乡村的风车，古老的风车，
它制造的总是温柔的和风，
带着五谷的馨香，
飘着草木的清气。

在乡村，它是最好看的东西。

远远看，像一匹马安静地站立在场院，四周脱粒后的稻草、麦草，是它吃的饲料。现在它吃饱了，正在反刍。

这种幻觉持续出现在我的童年。常常，在清早上学路上，看见谁家门前场院昨天还堆满麦捆却忽然空荡荡了，首先想的是被站着的那架风车吃了——你看它吃饱了那么满足、平静，脸上还有笑。常识立即出来纠正：风车是不吃东西的。再看它，的确，它就是一架安静的风车。

在秋收后的夜晚，我们常到场院里玩耍，风车就成了我们的玩具，当然它是太大了一些，我们只能这里摸摸，那里瞅瞅，有时就敲几下风板，听它嗡嗡的回声；最大的动作，是轻轻摇几下风轮的手柄，制造一缕缕小风。别的大动作不敢乱做，大人说，风车脾气大，坏了不好修，就不出风了。

那时，在我们这些乡村孩子的眼里，任何东西都是有生命、有感觉的，山有山精管着，河有河神护着，花里面住着花魂，石头里藏着灵性，何况风车，它长着马的样子，它有眼有鼻有荡气回肠的胸膛，它世世代代帮助着乡亲，都知道它是风车，但在我们眼里和心里，它就是一个生命，所以我们是很爱惜风车的。

最难忘在月夜看到的风车，月光从天上落下来，落到风车上，风车的影子掉在地上，比风车要小，好像是风车生了个孩子，风车似乎也纳闷自己怎么生下个风车孩子，于是就定定地端详着那个小风车。一直到月亮落山，风车才清醒过来，知道自己是一个没有孩子的老风车。

我曾经看过村里的木匠做风车，风车是农具里结构最复杂的一种，能做风车的是手艺最好的木匠。木匠是李叔叔，他做了十几天，才做好一架风车。他把木头锯开，裁成长长短短宽宽窄窄厚厚薄薄的木板、木条、木楔，他不停地眯着眼睛用墨线量，用角尺画线，不停地用锯子锯，用斧子削，用刨子刨，用凿子凿，用锛子锛，用锤子钉，用砂纸磨，他有点神秘，他的每一个动作都与风有关，他在制造风，他的手里好像是握着风的……从他手里，慢慢就长出了一架漂亮的风车，一摇，果然风就出来了。我幼稚地想，这比妇女生孩子还不容易，孩子是在妇女肚子里自动生长的，这风车可是一点点制造出来的，里面的风都是他手把手盘养出来的。我对匠人的尊敬，就是从风车旁边开始的。

稻子收了，麦子打了，风车吐出了所有的粮食，也把最后一股风交给季节，风车闲下来，静静地站在墙角或屋檐下，清静无为的样子，像一个单纯的老人，连多余的心事都没有。

世上有的是各种各样的风，狂风，飓风，台风，龙卷风，冷风，热风，阴风，暴风……乡村的风车，古老的风车，它制造的总是温柔的和风，带着五谷的馨香，飘着草木的清气，曾经，它用它深沉的呼吸吹拂着大地上的人民，吹拂了我童年的衣襟。

闭起眼睛，我又看见，月光里，那干干净净的风车，安安静静的风车……

老花镜的看

连她们自己也没有想到，
在她们已快要什么都看不见的时候，
却看见了无穷的星辰，
看见了巨大的事物，
看见了更多的光亮。

我真想知道，镜片后面的那些眼睛，都看见了什么？

据说外婆戴过这眼镜，后来送给我的母亲。镜片后面，停靠过先后老去的两双目光。

一个人无法看见别人的看。这是哲学家说的。是的，一个人看什么，哪怕是随便一瞥，动用的都不仅仅是眼睛，而是动用了他的全部经历、记忆、学识、精神、心智、潜意识、感受力以及当时的情绪，目击物就不只是那个单纯的物，而被看成（解读成）他眼中的那个样子。

我依然固执地想知道，她们，我的外婆（她的目光早已熄灭）和我的母亲，她们的眼睛，透过这镜片究竟看见了什么？

当目光渐渐苍老，她们陆续把眼睛交给这石晶镜片，在它的后面，她们眨了眨眼睛，然后把目光投近投远，就这样，她们开始了后半生的看。

她们看见了什么呢？

最多的，还是看那针、那线，那些等待缝补的衣服，那些等待刺绣的图案，那些破绽处处的日子。有一天，当她们拿着线，却找不到针眼，才发现，她们毕竟老了，老花镜也帮不了她们，老花镜也老了。针眼里那细弱的光接不住她们的眼神。针眼那边是多么大的天空啊，但是，她们颤抖的手、颤抖的手中的针，却不能把那无边的深蓝缝进渐渐暗下去的生活。那时候，有谁看到，老花镜后面的眼睛是怎样恓惶、无助？

她们看见的河流，总是神色匆匆要摆脱她们的样子。河里的鱼，她们看不见，即使有几条已游进她们的倒影里，其中一条就静静停在她们的眼睛附近，我外婆左眼旁边是有一颗美人痣的，那鱼儿曾好奇地停在这颗痣上，但是她们却看不见，美丽的细节都与她们无关了，她们看见的只是一条行色匆忙、急于离开她们的河流。

她们看见的树，总是打着挥别的手势。即使温柔的柳丝牵起她们的头发和衣襟，她们也感到了一种被牵挂被抚摸的安慰，但心里很快掠过更大的荒凉：这依依的手，能将白发挽回青丝？能把远去的某个背影领回来？

她们看见的远山，像一群高耸的墓碑。躺坐在棺材旁边的人，让她不去想死的事情，是很困难的。她们此时的眺望，不再是寻找奇迹和等待邂逅，她们看到的是生存的遗址和记忆的废墟，想象力总是密集地降落于终点，越过终点，她们会在那个模糊的“来生”里逗留片刻，而那里毕竟空泛，无法停靠，于是很快返回，就到记忆里那些柔软的地带溜达或借宿，终于又走出来，看到的仍是那高耸的远山，于是她们会想象：在那里，将有哪块石头做我的墓碑？

或许正是在这时候，她们的心里“咯噔”了一下，心，忽然亮了：那个时候我们不是已经变成山的一部分了吗？我们在高处看着人世，人世也时不时抬起头仰望我们。互相对望着，互相看，生后与生前，不都是这个样子吗？这样还不好吗？

恰在此时，夕阳“咣当”一声落下了山，天，黑了。她们摘下了眼镜，黑夜是不需要眼镜的，她们一眼就看见了黑夜；她们看见了星星，无数的星星，同时看见了她们，长久地看着她们。她们把老花镜放在时间的窗台上，抬起头，呀，黑夜真亮，黑夜真是宽广。连她们自己也没有想到，在她们已快要什么都看不见的时候，却看见了无穷的星辰，看见了巨大的事物，看见了更多的光亮……

我擦了擦这副很老的老花镜，我戴上它，我努力体会它的后面停靠过的那些眼神，我想看见她们的看……

香台的守护

一缕香雾，
将短短的今生和悠悠千载、
浩浩万里连接起来。

用大理石凿成，四四方方的轮廓，中间凹下去的部分是圆形的，用于接纳香灰，名叫香池，香池畔并排有三个较深的小孔，那该是插香的地方了。

香台，造型有点像砚台。砚台是磨墨的，它散发出的是墨香与书香；香台是供香的，它散发的是心香、灵魂的香。

我总觉得，砚台与香台，是古中国的两个宝贝，两个灵台。砚台打磨着我们的文化，灌溉着我们的风雅颂，守护着和绵延着我们的诗书礼乐的馨香。香台，则升华着我们的心灵，缭绕着我们精神的云天，飘逸着我们对生命的祈祷和对彼岸的冥想。一缕香雾，将短短的今生和悠悠千载、浩浩万里连接起来，烟缕里那颗微颤的心，走得很远，沉得很深，在云淡月朗的空明里，呼吸着宇宙和人世的薄荷清气。

有砚台与香台守护，古中国的心灵，修行得幽深、宁静、博大、宽厚，而且斯文儒雅，古色古香。

我母亲出生于中医世家，一落地嗅到的就是药香、墨香，还有书香与佛香。她虽然识字不多，但那时，传递数千载的诗书文化尚未被打断，家教里弥漫着儒的仁义、道的清静、佛的慈祥，所以，我的似乎没有多少文化的母亲，血脉里流淌的仍然是足够丰沛的文化清流和温热。她的接人待物，仪容行止，日常生活中的每一个细节，都是那样忍让、宽厚、慈爱，她话不多，但善于听人说话，她说人只有一个嘴，却有两个耳朵、两只手，那是上天让人少说多听多做事。母亲做事的时候，无论洗衣、摘菜、绣花、喂鸡、做饭，她的脸上都漾着淡淡的笑意，仿佛在与手边的事物做着愉快的谈心；她生气的时候，也只是短暂的，很少怨人，多是自责，说自己不该这样那样；而当她闲下来，看看远山，看看房梁上的燕窝，看看屋顶上的月亮，很快就入定了，似乎若有所思，实则心空意远。她有几句口头禅：“独处当思己过，闲谈莫论人非”“坐时守心，静时养心，言时省心，动时制心”。此刻，她坐着，那么安静，她其实是端坐在她云淡天高的内心里。

她那浸漫着书香、药香、佛香的古老家族早已被完全打碎，她熟悉的那些事物，见证礼乐文化的器具饰品，绝大部分都已被粗暴的手抢掠和毁掉，埋葬于某个时代的废墟之中。她战战兢兢，如抢救记忆一样，抢救和保存了一些心爱的物件，香台，就是其中的宝贝。

她几十年里一直保持着焚香的习惯。这是她的一个秘密仪式。她说她识字少，文化浅，她的命里淡薄了书香，这香台不能丢；她说佛也许是一种德行，一种心境，她或许离佛尚远，但她喜欢庙里的香雾，喜欢轻烟里面安坐的佛。那时是不许进庙的。庙都被拆了烧了，她就在屋里摆上香台，在夜晚或清晨，悄悄地燃香，当香雾飘起来，静坐的母亲就闻见了自己心里的香，思绪放开去，她似乎闻见了天地万物悠远的香，于是，她的心，干净、温暖、辽阔而安详。

每次她总是在香台上插三炷香，并依次点燃：一炷香，敬天；二炷香，敬地；三炷香，敬人。敬天，敬地，敬人。淡淡的烟缕里，幽幽的香雾中，深深的情义里，天、地、人，这浩瀚的一切，就收藏安妥在一颗清洁的心里了。

一本古旧的《三字经》和《净土经》，多年来她坚持反复诵读，许多字她并不认识，许多句子也不能全懂，但她从断续的意思里，感到了古代圣人那么美好的感情和对人世的殷勤关切。每次翻阅，她都要洗手、焚香，她说，这么好的书，不干净的手是不能摸的，在清香里看这些古老的字，似乎能闻见字的香和心里的香。

当举世浑浊、斯文不存、玉石毁弃、瓦砾遍地的时候，在深深的民间，在民间小小的一隅，在母亲的生活里，还保存着这小小的香台，这小小的灵台，这小小的仪式。母亲，她为饱受伤害、魂断脉乱的时间，守护了一缕细弱的文火；也为自己备受欺凌、空落惶恐的心，召回了一脉古远的沉香。

从轻烟里看过去，河流蜿蜒，依旧连接着上古的源头；远山肃穆，负重的峰峦仍然怀抱草木向天空行走；柳丝含烟，杨絮流乳，燕雀传唱古歌，稻禾抽出新穗……啊，天道有常，人世悠远，此时，香雾里母亲的心，淡淡的，深深的，远远的，然而，分明有一种隐隐的欢喜，殷殷的念想……

木格花窗的眺望

小小的窗口，小小的母亲，小小的我们，
与浩大的天意在一起。

是松木做的，阳光照晒的时候，惊喜的窗木就飘出内质的清香。这是我们能够嗅到的乡村气息的一部分，也是农业气息的一部分。植物的魂灵遍布于生活的每一个细节：桐木的门、臭椿木的梁柱（臭椿被民间称为树王）、桦木的椽、棕木的房梁、榆木的门墩、盛米的椴木勺、舀水的葫芦瓢，就连脾气难免尖刻的菜刀也有着柔和的柳木把柄……这一切合并成一种浑厚清洁的气息，这是民间的气息，也是古老中国的气息。

就这样，一部分松木就来到母亲的生活，以窗的形式，帮助着母亲，也恰到好处地把一部分天空、一部分远山引进了她的日子；到夜晚，就把一部分月光、一部分银河领进她的屋子，她的梦境。

站在窗前，首先看到的是那一片菜园，韭菜整齐排列着，令人想起千年的礼仪，民间自有一种代代传递的肃静与活泼；白菜那白净的素脸，那微胖的身段，是一种永不走样的平民美貌；葱那不谙世事的单纯的手，却能在不动声色的土里取出沁人心尖的情义；花椒树，经营着浑身的刺，守着那古老的脾气：鲜美的麻，一种地道的民间味道。

人在愁苦的时候，就依在窗前，看一眼这菜园，内心里便有春色，有了不因世道和人心的扰乱而丢失或减少的，那种生的底色，也是心的底色，这就是天地生命的颜色。

我能想象，母亲多少次站在窗前，看那菜园，那经她的手务作的植物们，那些绿，星星点点竟绿成这一大片，要不是泥土缚了它们的脚跟，它们也许会翻过窗，走进屋子里来的。

母亲曾说，她年轻的时候，也常失眠，就站在窗前，久久凝神看，好几次看见月光从窗格里进来，就变成四四方方的，她就想这是一封封信，是从天上寄来的，静静地放在窗台，等她收阅。我知道母亲这一生是没有收到几封信的，也许她是在想象天意里会有一个夫君，等着她，却无缘相遇，就在远天远地的夜晚辗转投寄来这一封封素笺。

窗框雕有简单的图案：喜鹊、蝴蝶、莲花、仙桃。古中国的偶像，只是这自然里美的生灵。人居住在它们之中，受它们庇护，也庇护着它们。人与天地就这样互相凝视、互相友善，自然成就了人，人也变成了自然的情义。

阳光洒进来，月光照进来，星星走进来，风有时也跑进来，雨有时也会两三点跳进来，更有时，那迷路的蝴蝶也会因了照眼的窗花飘进来，在屋里逗留片刻。窗外墙根下，时不时就冒出几丛喇叭花藤，顺着墙壁爬上窗子，在母亲难免有些寂寞的窗口，吹奏起淡紫的、蓝色的音乐；那些蛐蛐、蝈蝈、根本见不到面的无名无姓的虫儿，就伴和着唱它们的歌，那从远古一直传下来的老歌；喜鹊、斑鸠、麻雀、八哥、云雀、布谷、阳雀、清明鸟……也远远近近地唱着、唱着。从这木格花窗，你抬眼可望见万里，你侧耳能听见千秋。

我站在窗前，嗅着淡淡的松木香气和从窗外深远的天地飘来的草木风月的气息，我在想我小小的母亲，她仅是这窗里的一个小小妇人吗？

此时，鸡叫二遍，已是深夜丑时，母亲熟睡了，我静立窗口，看见月亮偏西，泊在遥远的一个山脊上，银河浩瀚，展开了它波澜壮阔的气象，我似乎听到天上涨潮的声音，哗啦啦的声音，波浪汹涌过来，拍打着夜深人静的民间，拍打着这小小的窗口，笼罩着我小小的母亲。

哦，小小的窗口，小小的母亲，小小的我们，与浩大的天意在一起，我们很小，但是，人世悠远，天道永恒……

手磨：日月的节奏

在我梦的附近，
她轻轻地推动手磨，她在导演我的梦境。

我对圆的好感首先来自手磨的记忆。

我童年的黎明，经常是在手磨的隆隆声里降临的。这时我翻一下身，知道是妈妈在推磨打豆浆或打米浆，离天亮还有好长时间，至少还能做一场梦，或续起刚刚中断的梦，我就又睡熟了，有时，还真能把中断的梦重新续上，因为，手磨转动的声音柔和而均匀，比无声的沉寂更能让人安静下来，让人沉入某种愉快的情境。

在手磨和粮食的絮语里，在我多梦的童年的黎明，我好像很少做噩梦。那梦，总有着细雨、雪花、柳絮、稻米的细节，飘着粮食的清香——我的母亲就在窗外，在我梦的附近，她轻轻地推动手磨，她在导演我的梦境。在母亲的身边，在她旋转的磁场里，她的儿子没有噩梦。

多么温柔的雷声。这是母亲制造的，宇宙里最好的雷声。她抵消了另外的雷，那宇宙里更普遍的暴力，在我幼小的听觉里，乌云里爆炸的雷是如此可怕，那是多少炸药多少炮弹在呼啸。夜晚，闪电的长剑猛劈狂杀，我看见黑夜的身体上那惨白的骨头，经常吓得躲进屋子，钻到母亲的衣服下面，用她的衣襟蒙起自己的头，闪电还会从窗口跳进来，明晃晃的刀剑又指又戳，像在追捕逃犯。那时，我感到宇宙是一个恐怖的现场……又是黎明时分，又是那手磨响起来了，多么温柔的雷声，母亲，小小的母亲，你这民间的雷神，轻轻地、温和地、均匀地，你把宇宙暴烈的力量，劝阻回去，让它亲和的那一面，在你的手里出现，让脆弱的心，能够领会到人世的情义，也领会到天意对人的相亲。

不过是上下两扇圆的石头，在一双温柔的手的推动下，围绕日常的中心旋转。这围绕粮食和日子的小小轴心，它肯定对应着我们这颗星球的中轴，与地心引力和银河潮汐保持了恰到好处的联系。所以，它的旋转几千年里很少被打断，偶尔打断，又很快恢复。王朝颠覆，社稷沦陷，暴君发疯，鬼神晕眩，然而它，小小的石头，小小的圆，却从不离开粮食去空转，或背对日月去倒转。为什么？天道有常，石头有灵，在任何时候，只要有“民间”这个广袤的存在，它就能保持正常的磁场，保存千古的血脉，放两扇圆的石头在其中，就能转出日月的节奏，磨出人世的馨香。

棒槌：河流的尤物

被她漂洗过的天空，
变得更加宽广湛蓝；
被她揉搓过的山色，
也变得更绿更深远。

棒槌多是柳木做的。柳树生于水边，性柔，经得起水浸雨泡；忠厚的木质，少了坚硬，天性里没有蛮横，不会恃强傲物或以强凌弱。“昔我往矣，杨柳依依；今我来思，雨雪霏霏。”几千年前，她就摇曳成一种意境，依依成一个永恒的动人意象。也许，也是在几千年前，人们发现了她的美，同时也发现了她温厚的内质，在她倒下来，不能“依依”站立的时候，她就依依地躺下，依依地来到母亲们的手中，守在女儿们的河边，温柔地捶打着那等待清洗的衣裳和生活。

我常常想象：从女娲以后，从古中国的天空下出现第一匹布、第一件衣裳的时候，从我的先人们懂得拆洗生活、浣洗灵魂的那个早晨或黄昏，水边的柳树，多么聪颖灵秀的柳呀，她一眼就发现，那些待洗的衣裳待洗的日子，它们也发现了她，于是一株柳就俯下来，躺下来，变成一个“一”字，多么简单，简单得就像一，就是一。这盈盈一握，从此就没有离开过女儿们的手，没有离开过母亲们的河，没有离开过我们世世代代的衣裳。

我常常想象：古中国数千年的民间，广袤的乡村、市镇、山野，大大小小的无数河流、溪涧、泉池、塘渠，那血脉般涌流交织的清澈水边，那雨后的早晨和夕阳返照的黄昏，忙碌着多少洗衣的女儿，浣衣的母亲，古中国的河流里，交响着温柔又清越的棒槌的声音。

这该是怎样动人的情景。男儿们放牧去了，打猎去了，耕地去了，征战去了，守边去了，赶考去了，读书去了，远游去了……留下这千针万线的日子，带回这千山万水的风尘。于是就把它们带到河边，交给清流，洗啊，揉啊，搓啊，负重的岁月和起皱的记忆，需要适宜的手感和腕力，去抚摸去校正去恢复，于是，棒槌举起来，又落下去，一遍遍捶打之后，一次次漂洗之后，一度蒙尘的生活又找回了自己的清洁，一度走样的衣服又找到了自己的式样，于是，清凉的河风里又飘起清新的衣香。

我常常想象：古中国的河流，该是世上最清澈的河流，就因为有无数的女儿们、母亲们，贞洁地守在岸边，她们美丽、安详的面容，抚慰和过滤了每一寸河面每一个波浪，所以，古中国的河水很少断流很少污染，总是长流长清。古中国的河湾，该是世上最婉约最有风情的河湾，洗衣的女儿们母亲们，把她们最隐秘的心情带到水边，把她们赤裸的脚，干净勤快的手交给水，把她们的身影一次次交给水，她们洗衣、抖衣，水里也有许多个影子——她们的影子，也在洗衣、抖衣——是的，她们在漂洗岸上的生活，也在淘洗更深处水里的生活，在淘洗更深处水里的心。于是河湾大片大片的水仙、百合、灯芯草、兰草就茂密地生长起来，一直蔓延到诗里词里歌谣里，蔓延成代代传诵的风雅颂，蔓延成古中国心灵的馨香。

我常常想象：有无数爱清洁爱干净的女儿们、母亲们，在世世代代的河边，世世代代为我们洗衣，我们的祖先曾经是世上最清洁的种族，他们穿着干净得体的衣裳，有着温厚儒雅的仪表和风度：身上的钱财也许不多，饰物也不多，但贴身的地方都深藏着道和礼，贴心的地方都揣满情和义，衬衣是诗，领口是词，袖里藏歌舞，鞋上有佳句，一路走过去，踏着平平仄仄的韵。随便一个衣兜里，随时都能掏出琴棋书画；那素净的长衫、对称的衣襟，月夜里风一吹，就衣香满地，捧起来稍加整理，都是一卷卷山水情思、田园意趣、四时豪兴。那被女儿们、母亲们用清流漂洗，用棒槌捶打的衣服，总是保持着好看的样式；

淡淡的衣香，掺和着书香、墨香、酒香、茶香和草木的清香，经久不息地缭绕在古中国蜿蜒的河岸。

那些河边的石头是幸运的。被女儿们、母亲们的身体暖热，它们也有了温润的灵性；湿漉漉的手无数次抚摸了它们沧桑的脸，它们的面容，不再单调呆板，而变得丰富、神秘而生动；最严厉的该是棒槌了，霜晨月夜里，一次次温柔的教诲，恳切的敲打，它们冥顽沉沦的心终于受到震动，并且渐渐苏醒，于是我们总能在古老的河边，找到蕴玉藏金的宝石。

在古中国随便一条河流里，拾起一块石头，也许都是洗衣石，都能发现母亲们的手纹，贴近耳朵，你能听见从诗经的水边，从唐诗的河边，从宋词的溪边，传来此起彼伏的棒槌的声音。

我至今记得母亲在河边洗衣的情景：

将一件件衣服浸在河水里，然后敲开皂角，敷上衣服，放在洗衣石上，揉、搓、用棒槌敲打，皂角的洁白泡沫芳香而弥漫，母亲的手在雪浪里波动。接着，放进清流淘洗、抖摆、拧干，然后晾晒在河边的石头上或杨柳枝上，微风吹来，河边起伏招展着的，都是日子的颜色和生活的式样。

当母亲抬起头来，才忽然发现：被她漂洗过的天空，变得更加宽广湛蓝；被她揉搓过的山色，也变得更绿更深远。

就这样，我们的生活，被爱干净的母亲经常清洗着，虽然朴素，有时还打着补丁，但总是清洁的，飘着淡淡的衣香。

在母亲的身边，在衣服的附近，棒槌，安静地歇息在浅浅的水里，涟漪漾过来，它就随之轻轻荡一下，有时赶路的河水漫过来想把它带走，它漂起来，荡漾了几下，就又固执地回到母亲的手中，依依地，如河边那依依的柳……

蒲扇：自然的手掌

小孩子们围着她，
向她要故事，要清凉，要风，
她的大蒲扇轻轻一摇，
古代的风就吹过来。

握住蒲扇的那一刻就像握住了自然的手。手感是柔和的、诚恳的，带有一种木质的厚道。如果你刚刚放下电器、键盘、鼠标、刀、斧头、枪、警棍、钳子、电焊枪……你顺手握起蒲扇，那感觉是何等的不同啊。你会有一转身就回到古代的幻觉。是的，你回到了古代，你把手伸进了田园，伸进了山水，你轻轻一摇，这个动作正是你在向古代招手，表示敬意和邀请。你就这么一招手，山林水泽的风就吹过来了，唐诗宋词里的凉就漫过来了，你感到了一种久违了的农业的清爽，民间的清凉。

当母亲轻摇着蒲扇，在大柳树下与她的儿女们围坐一起，望着树梢后面的星星，讲牛郎织女，讲女娲补天，讲嫦娥登月，讲后羿射日，讲灶神升天，讲这些讲了百千年的故事的时候，你说，这个情景，像不像唐朝的一个情景，像不像宋朝的一个情景？是的，这个时候，我会突然觉得：我的母亲，她是从远古一路走来的，走了一路，讲了一路，一直讲到今夜此刻。因了她，孩子们心里的那条银河才没有断流，天上的那些神仙才没有走失。

小孩子们围着她，向她要故事，要清凉，要风，她的大蒲扇轻轻一摇，古代的风就吹过来，天上的银河就涨潮了，从树梢上淌下来，孩子们的心里就满当当的，清亮亮的，荡漾着天上的波澜。

我真希望这样的情景不要消失。民间的大柳树不要枯萎，天河不要在工业的上空断流、干涸，那些有情有义的神仙不要被人造卫星驱赶，不要被二氧化碳窒息，牛郎织女们都不要失踪。

我真希望古老的蒲扇，仍然在山林水畔好好地生长，为僵硬的现代，为机械组装的天空，为电线捆绑的都市的夜晚，为囚禁在商业牢笼里的燥热心灵，送去清凉的好风。

又一个酷热的夏天到了。我要回老家去，看望母亲，看望那把老蒲扇。我要坐在母亲的风里，沐浴童年的天河。

我还要带几把蒲扇进城，给妻子送一把，给女儿送一把，给朋友送一把，让她们亲手召回一缕缕古代的好风……

绣花针：民间的美神

这小小的、母亲的绣花针，
这小小的、民间的美神。

喇叭花、迎春花、栀子花、莲花、桃花、菊花、南瓜花、杏花、丝瓜花、韭菜花……我们一家人的衣服上、鞋子上、被单上、枕巾上，一年四季花开不断。

母亲好像从来没有说过“美”这个字，也当然不知道什么叫美学。但是母亲有自己纯真的美感，这美感来自她的天性，也来自从小受到的民间艺术的熏陶，更来自大自然的直接感染。大自然，这就是母亲的美学老师。

如今回想，我的少时都在匮乏的年代里度过，粮食匮乏，文化匮乏，德行匮乏，温暖匮乏，希望匮乏。但我仍然享有那个年代不能给予的一些秘密的快乐和小小的美感，比方说：我们的衣服因反复拆洗换穿，已显得陈旧破损，但是那些笑意盈盈的补丁们，及时地停靠在我们的日子里，它们以一朵花的形状，一片树叶的形状，一只鸟的形状，体贴着我们的身体和自尊，也装饰了我们单薄的青春。

菜园、篱边、溪畔、邻居家的竹林里，我们家院子里的那棵花椒树旁、那棵桃树下，都是母亲缝衣绣花的地方。菜园里韭菜花开了，丝瓜花开了，母亲顺手就把它们临摹下来；竹篱笆上的牵牛花，一不留神就变成了母亲手中的图案；葫芦藤顽皮地攀到窗口，硬是要把它的那些葫芦与窗前的月亮挂在一起，似乎有点牵强附会，但这恰恰启发了母亲一个想落天外的灵感，于是我们的被单上，就有了天真的葫芦和温暖的月亮。

我记得母亲经常坐在我们家屋后那条清凌凌的小溪边上（如今它早已干涸，堆满了垃圾、塑料袋、死猫、破鞋、烂袜子），为我们洗衣，或者做针线活。夏天，溪边的水仙开了，不远的莲田里，莲花也开了，莲田旁边，大片的稻花也开了，田埂上的苜蓿花、灯芯草花、野薄荷花、车前草花也都开了，母亲坐在四面袭来的花香中，坐在摇曳起伏的花影里，她手中那小小的绣花针激动得有些颤抖了，那细细的线欢喜得有些沉迷了，它们竟不知道该把哪一朵花挽留在生活中，邀请到梦境里，那就顺手把身边的、手边的留下吧。就这样，水仙就来到我们的枕巾上，灯芯草的那盏灯，就亮在妹妹的鞋上、路上。

母亲一生都喜欢莲花莲叶，她不知道世上有一篇《爱莲说》的文章，但母亲爱莲的情感发自心魂，那莲香也浸入血脉。母亲总是把莲叶莲花的各种情态、形状，缝织在我们的衣物和用具上，被单上有莲，草帽上有莲，竹帘上有莲，窗花上有莲，即使在灰暗苦涩的岁月，我们生活中的一些细节，依旧飘着莲香。而她自己的衣物用品上，莲的身影更是随处可见。至今我还保存着母亲当年的一双鞋垫：一张莲叶用绿线缝织，莲叶正中，露珠滚动着，忽然在一个温柔的针脚里静止下来，于是，一朵莲花，灯一样擎起了一盏月光。即使在尘埃满地风沙扑面的日子，我母亲仍然走在清洁的内心里，一步一朵莲花。

我记得，小时候，我们家后门的不远处，就是几十亩莲田，母亲闲下来，总爱带我们到那里去看莲叶上滚动的露珠和静静栖着的蜻蜓，我们把鼻子贴近莲叶，嗅那凉丝丝的清香。有时，母亲就一人带一个小竹凳，带上正在刺绣的鞋垫或枕巾，在莲田边一坐就是一个早晨或半个下午，莲叶上的露珠反射着太阳的光，照在她手中的绣花针上，莲叶、莲花的影子簇拥在她的身上，重叠在她的手中，风吹来，莲叶交叠，莲香浮动，浮动的莲香一层层撒在她的心里。这时候，母亲的针和线，就在花影、叶影、莲香里飞动着，穿梭着，交织着，恰好有一只鸟飞过，一片云走过，这来自高处的影子与身边莲荷的影子，同时被母亲的针线挽留下来，被民间的情思挽留下来。

于今想来，我的受了许多苦的乡村母亲，她也有过许多不为人知的小小幸福和安详，甚至是奢侈和华丽——你想想这个情景：那么多美丽的植物，甚至是整个大自然，都曾经来到她小小的手中，停靠在她小小的心上，环绕在她小小的针尖；即使缝一个小小的鞋垫，绣一朵小小的莲花，就有整个原野守候在她面前，就有无数的莲叶莲花依依在她小小的针前……

这小小的、母亲的绣花针，这小小的、民间的美神。是的，鸟宿前树，花忆前身，有多少花，想找到这根针，从这里，她们会看到、找到自己的前身，在安详的手势里，在温暖的针脚上……

细节：有关火柴的记忆

一根温暖的火柴，
成为某个时刻生活的中心和世界的中心。

一

父亲那一代人，一直是使用火柴的。

我记得，他们并不是每个人衣兜里随时都带着火柴，常常是好几个人当中，才有一个人带着火柴，可能是因为脆薄的火柴盒，装在这些做重体力活的人身上容易被挤压破损吧。在劳动间隙，想抽烟而没带火柴的人就会喊一声，谁有火？就有人回答，我有火。想抽烟的就走过来，围在那个带着火柴的人面前，将旱烟锅或自制的旱烟卷凑过来，那人将点燃的火柴依序递到他们嘴里含着的烟上，那动作是快速而又小心翼翼的，动作幅度大了，就会招风熄火，动作慢了，点不了几根烟火柴就燃完了。帮人点烟因此也算是一门需要掌握分寸的小小技艺，也是乡村生活中很温情的一个场景。

小时，我看见大人们围在一起点烟的场面，就隐约感到这些平时辛苦而粗糙的男人，内心其实是藏着温情的，他们彼此之间也都怀着友好的感情。

二

至今记得这个场面：夜晚，吹着寒风，生产队加班修水库，几十个社员默默劳作着，起落的镢头、铁锹，在夜色里划动零星的天光。这时，几个想抽烟的叔叔伯伯走过来，围在总是随身带着火柴的父亲面前，父亲点燃火柴，微弯着身子挡住风护着火，将手中细微的火焰依序递给围在身边等待接火的乡亲们。这时，火光映照着父亲的脸和乡亲们的脸，这些古老的乡土的脸，显得那样质朴、单纯、温和。我那手捧火苗的父亲，他被乡亲们亲切地围着，这一刻，我的农民父亲，俨然成了夜晚的中心，成了温暖的中心，成了这个世界的中心。

我想，此时，我卑微的父亲心里，一定会生起一种被别人需要和被看重的幸福感觉。而围在他身旁的乡亲们，心里也会泛起一种尊重和感激的细微情思。

三

在我的记忆里，劳动者抽烟借火的场面，都是温暖的、温情的、温馨的。他们以火柴为中心围在一起，彼此的身体离得很近，手、胳膊、衣服都互相紧贴着，甚至，俯身接火时，彼此的脸几乎碰在一起。细微的火苗，温暖的火种，拉近和联结起彼此的身体、表情、呼吸和心跳，拉近和联结起彼此内心的温情。他们围在一起抽烟的时候，也并不多说什么，这种亲近的身体语言已经表达了更实在、更温暖的内容。

为什么过去乡村的人们话语都不多？他们其实少的是空言虚语，他们本分、实在、厚道，田园山水、草木庄稼和日常劳作，都在表达着天地人心里的丰盛景致，因此，他们不需要多余的语言。当然，那亲切、温暖的身体语言，他们是最不缺乏的，小小火柴，就是他们随时打开的话语“词源”。

四

清贫、素朴的生活，才能培养清洁的美德和内在的温情。反之，富足和奢侈的生活，只能使人浮华、浅薄而冷漠，人与人、阶层与阶层之间也会被物质的屏障阻隔而少了心灵的相通，随时可以到手的物质和招之即来的便利，使人和人之间变得互相不需要，互相没感情。

那些注重内在修行的人，以及出家的僧侣，历来都把清贫的生活看作通向真理的途径，把清贫看作一种美德和人生境界。他们总是把物质的需求降到最少和最低，他们不让多余的物质消耗去伤害自然和生灵，不让多余的东西挤压和遮蔽了追求真理的心灵。他们以单纯的心灵面对宇宙并融入宇宙，他们在看似简单的生活里，体验着丰富的诗意和清澈的禅悦。

父亲那一代人陆续都已作古了，他们辛苦了一生，也清贫了一生，每念及此，我都感到心酸。然而，让我感到欣慰的是，在辛苦、清贫的一生里，他们，也曾经有过温情和感动。那小小的火柴，曾一次次照亮了他们的表情，他们的心。

于今看来，父亲和大地上走过的一代代农人，他们勤劳、清贫、真诚、厚道，他们就是在天地这座古庙里修行悟道的大德高僧。

五

几个人亲热地围在一起，一根温暖的火柴，成为某个时刻生活的中心和世界的中心，人们通过接近火苗，而点燃烟卷，也点燃心中的温情。这很像一种不是宗教却内含着宗教意味的精神仪式：那手持火苗的人，火光照亮了他的脸，他像一位古代的祭司，主持着生命与生命、心灵与心灵的相遇、相依和相知。大家围在一起，默默地重温心灵的约定。

然后，衔着火苗各自散去，那温暖的烟缕，长久缭绕在岁月的上空。

这么多年，我再也没有看见过上述的动人场景，随处可见的却是另一种场景：人们围着麻将、赌场、名利和官帽，像信徒围着信仰和上帝，像求道者围着道义和真理，人们团团围坐在金钱和权力的图腾面前，权和钱，成了生活的中心，成了失去信仰和真理的这个势利世界的“终极真理”！人们表情冷漠、目光诡谲地围着物质的神灵，将你兜里的掏出来装进我兜里，将小兜里的掏出来装进大兜里，将情感和灵魂全都折算成赌注，赌它个昏天黑地。赌到最后才发现，除了冷漠、自私、算计和不怀好意，人生的衣兜里，其实是空的，什么也没有，没有真诚，没有温暖，没有感情，没有诗意，没有记忆，没有怀念。

在自动打火、自私自利、损人利己的年代，我竟然怀念起那朴素、单纯、友爱、温暖的小小火柴来了。

六

二十世纪八十年代，我二十岁出头，经常喝酒，也抽烟。那年到深山扶贫，有一天，在山路上行走，烟瘾发作，很想抽，身上却没带火，真恨不得满山的石头里赶快蹦出一块打火石来。走到一个矿山附近，有一个叫杨家坝的村子，迎面走来一位六十岁左右的农民大叔，他边走边抽着旱烟，我走上前停下来，说，大叔贵姓？我想抽烟，向你借个火。大叔憨厚地笑着说：年轻人，别客气嘛，你是贵人，我一个草民，还贵个啥呀，我贱姓王，名自成。说着，就在衣兜里掏火柴，我说，王叔，不必麻烦浪费火柴，我在你的旱烟锅上接火就行了。王叔说，能见面就是缘，见到你我高兴啊，我怎能用这老旱烟的苦味，把你的香烟弄得不香了？他郑重地掏出火柴，划燃，侧过身子，半卷着左手掌挡住山风，为我点燃了烟，我吸了一口，又递给王叔一根烟，王叔不好意思地说，我不能要你的东西，第一次见面，就让你破费，那成啥话？我劝说他，这算什么破费呀？那我第一次和你见面，就麻烦你，又成啥话呢？王叔憨笑着接过烟，放在耳根上，说，我回家慢慢抽，这是你的心意。

我因为有事赶路，问了他家的生活情况，诚恳地谢过他，就告辞了。临别，王叔说，他是宁强人，到这里走亲戚，并说了他的家是哪个乡哪个村，让我有机会到他家做客。

那次山野邂逅留下了永久的记忆，几十年过去了，情景历历如在眼前。细想来，那个场景里，浓缩了我国古老文化和民间风情礼仪的丰富信息：

上一辈人以及我们一代代的先人，大都受到古风良俗的耳濡目染，骨子里都有着传统文化的基因，耕读传家、厚道待人，成为先人们普遍的做人操守。你若想知道古人的德行是什么样子，宋朝人、唐朝人的德行是什么样子，这位姓王的大叔就是一个生动的标本。他该是二十世纪二十年代出生的人吧？你看这位王叔，虽不识字或识字不多，但文化的基因流淌在他的血脉里，他接人待物，举手投足，无不透露出古老文化的质朴厚道气息。即使面对一个陌生路人，也会真诚地尊重甚至高看对方，而让自己谦卑地处于一个欣赏者和接纳者的位置。贵看对方，礼遇对方，而让自己甘愿处下，把自己称作“贱”，这里面蕴藏着儒家的仁义敦厚、谦和礼让，道家的上善若水、不与人争和虚怀若谷，佛家的慈悲为怀、去执无我等美德。他这样高看和厚待对方，对方也甘愿处下、淡看自己，而把同样的尊重和礼遇还给了他，二者之间的互相敬重和彼此友好，就在这礼让互动中被温情地建立起来了，最后，彼此无贵无贱，无高无低，只有茫茫红尘间人与人相遇的珍贵缘分和美好记忆。

古语说，“礼失而求诸野”。就是说，在礼崩乐坏的乱世，权势阶层中的一些人被恶劣的世风败坏和污染了，他们为名利金钱钩心斗角而道德沦丧礼仪尽失，倒是似乎没什么文化的乡野百姓，还保留着淳厚的人情和古老的礼仪道德。因此，礼仪丧失，只有到民间乡野才能找到。

“礼失而求诸野”，我认为这是一句真理。山野里邂逅的王叔叔，就是一个美好的证明。亲爱的王叔叔，我想念你，二十多年过去了，你怕是快九十岁了吧？你还好吗？我还能见到你吗？

七

划燃火柴，一股松木香味儿淡淡地飘起来，与周围庄稼和草木气息相融，缭绕成温馨的氛围，人与他所处的环境是那么熨帖。烟燃着，香雾飘着，但他们并没有在自然中加进什么东西，他们只是通过一根火柴，唤醒了自然中的某些魂魄，以对应和填充自己身体中的某些难以命名的渴望。

我想，父亲那代农人的吸烟，未必仅仅是满足解乏、提神那么表面和物质化的需要。而是经由火光、香味、轻烟和暖意所构成的仪式，进入一种不同于日常劳作的出神、恍惚状态。在这个状态里，他们不仅休息了身体，也缓解了内心的焦虑，在逸出日常劳作的那个什么也不做、什么也不想的时刻，体验到生命本身的单纯性、恍惚性和不受生存、死亡压迫的无边无际的自由状态。虽然只是片刻，但那是无边的片刻。在那出神的瞬间，生命变得很空灵很旷远。

八

他们抽烟，因此成为他们自己的一种私人宗教仪式。

这一刻，他们为自己敬献香火，或互相敬献香火。他们拜自己生命内部那个解脱了焦虑和烦恼的空旷自我为这一刻的致敬对象。

这一刻，也是这些勤劳、清贫的劳动者，对自己表示犒劳和慰问，表示一种有限的自我欣赏和嘉许。

在平日的生活中，几乎一切高贵、敬重、赞美、恭维和礼遇的话语、礼节和行为，都是属于那些远离土地和劳动的有身份、有地位、有光环的人的，而养活那些身份和地位的，这些紧贴于土地上的劳动者，则是没身份、没地位、被遗忘了的沉默的一群。

这一刻，他们不恭维、不仰视别的人，他们礼拜自己，他们尊重自己，他们自己为自己燃一炷香。

淡淡的烟缕缭绕着他们，这些劳作的佛、辛苦的佛、清贫的佛，质朴的脸上荡漾着平和、安详的佛光。

九

我记得，父亲生前，每当有人向他敬烟，他总是很恭敬地站起来，双手接过烟，表示感谢，但并不立刻点着，而是掏出旱烟向对方表示回敬，然后划燃火柴点烟，一起共度这一互敬的时刻。如果对方并不抽旱烟，父亲总要诚恳地再次道谢，才开始自己吸烟。

那些给自己发过烟的人，父亲总是把他视为朋友，总是对人家怀着好感和谢意。我就不止一次听父亲说过，谁谁谁有一年在去城里的路上遇见还向他敬过烟，想不到去年走了（去世）；谁谁谁与他见了面总要互相讨根烟抽，想不到家里二娃出了车祸碾伤了腿，你去他家带点东西帮我问候一下。

知恩感恩，念人之好，是父亲那一代人的美德，我想，也是数千年来我们祖先共同的品德。

十

别人不过发给他一根烟，父亲何以如此珍重？如此念念不忘？

我想，一个出入于田间地头的庄稼人，一生里，除了牛羊看重他甚至尊敬他，除了庄稼苗苗喜欢他并在风里向他点头施礼，除了夫妻感情并不深厚的妻子的不多的关怀，还有谁尊敬过他？谁怜惜过他？谁感念过他？

所以，那一根带着别人手温和体温向他递来的烟，就不只是一根物质的烟，而是来自另一个人的一份感情，一份看重，一份礼遇。

于此，我也明白了父亲生前总是随身带着火柴的原因，这一方面是因为他抽烟要用，或许还因为，他可以随时给那些忘记带火柴的抽烟的人以及时的帮助，借此体会到一份助人的快乐，也收获一点被人感谢甚至尊重的暖意。

十一

火柴，多数都是用松木做的。点燃时，那股松香味儿，那木质的芬芳，清新、纯粹、淳厚，有雨后森林的气息，也有点像母亲用皂角洗过的头发的气味。我小时候，看见大人们点燃火柴抽烟，我总要凑到他们跟前，一是好奇他们对嘴上冒烟这件事儿为何如此热衷，再就是想闻那种好闻的松香味儿。

火柴的气息曾经遍布城乡，这使得那些即使没有见过森林的人，也能随时闻到森林的气息。

火柴就像大自然的索引，点燃一根火柴，你就能想象山野里的无数草木。

十二

当年，我的故乡生产一种叫作“宁强牌”后来改作“汉源牌”的火柴。汉源，即汉江发源地，汉水上游的汉中一带，不仅是一条江的发源地，也是汉朝、汉文化的发祥地之一。

贴身的衣兜里装一盒故乡的火柴，就不易受潮，随时划燃乡情和思念。

那时，我总是把故乡、把大自然揣在贴身的地方，乡情和诗情很少因受潮而熄火，总能随时划出芬芳的火焰。

十三

那年，我到西藏旅行，随身带了一盒故乡的火柴，那天夜里，我独自坐在雅鲁藏布江边，面对不远处静立的古老雪峰，我划燃一根火柴，满天密集的星星仿佛被我瞬间点亮，无比清澈的银河好像正向我奔涌而来，要将我带进永恒的彼岸。我把火柴的余烬轻轻放进奔腾的江水里，故乡的一缕松香，静静汇入西去的波涛，我感觉故乡的一缕魂魄随江水远去了，心里竟生起一缕伤感。

如果物质不灭是永恒的宇宙真理，那不灭的，就不仅仅是物质本身，更有一种决定物质不灭的内在的本质精神。那么，随江水流去的那一缕松香，那一缕故乡魂魄，千年万载之后，一定还在时光的海洋里奔流、循环。

十四

父亲生前，别人向他敬烟时，他总是站起来，恭敬地用两只手接着，并诚恳地道谢，即使是我这个做儿子的向他发烟，他虽不道谢，却也是每次都用两手郑重地接过烟，然后擦燃火柴点着，很深地吸一口。他是真诚地看重这份心意。

暮年，父亲患了肺炎。我建议父亲别再抽烟，父亲很听话地戒了烟，直到他逝世，再没有抽过一口烟。

人常说，人老了，就返回去又变成了小孩。我想，在父亲眼里，他的儿子成了可以依靠和可以管教他的大人，而他，则可以像小孩子那样得到被管教、被怜惜、被心疼的福气。

我们那么轻易地就说服父亲戒掉了陪伴他一生的烟火，很可能是父亲想在我们面前做一个听话的好孩子。

但是，在他眼里的我们这些似乎可以依靠的所谓“大人”，他又真正能依靠他们什么呢?

除了一点有限的所谓孝心，我们既不能从伦理意义上把一个迟暮的老人真正当一个小孩去悉心呵护，也不能从医学意义上帮助他解除疾病和一生的劳苦带给他的疼痛和苦难。我们眼看着他被疾病无情折磨，最后被死神收走。

父亲，你高看了你的儿子。他们仅仅是你的儿子。你误以为他们可以担当大人的责任，那是年龄给你的美好错觉和想象。

其实，从你小小年纪死去父亲的那一刻，你就成了孤儿，你一生都是孤儿。

父亲，你走了，从此，我也成了孤儿。

从此，世上再没有父亲。

十五

火柴散发出的气息，是古朴、温和、节制、柔软、徐缓、持久的。

火柴散发出的气息，也是清洁、厚道、有营养的气息。

火柴的气息，是农业气息的索引，那是土地和草木宽厚绵长的呼吸。

父亲已经去世多年了，但我还记得父亲身上的气息。

父亲一生没有用过任何带香料的东西，连那个年代预防霜冻的雪花膏都没用过。

但在我的记忆里，父亲身上很少有过不好闻的气息，父亲身上的气息是浑厚、纯正的，甚至还带着一种草木清芳的气息。

除了农忙时，因昼夜辛劳顾不得洗澡和换衣，父亲和乡亲们的身上难免有些汗味，但这些汗味，也被他们身上覆盖着的更浓郁的草木气息、泥土气息、庄稼气息和旱烟气息给中和了，那汗味反而使他们身上的气息有了一种海的深沉和遥远。

从父亲身上，能闻到整个大地的气息。

一股隐约的松香气息，缭绕并陪伴了父亲的一生，对了，那是他随身带着的火柴，在贴身的衣兜里，父亲始终装着等待划燃的火种。

临终，我们发现，在父亲清贫的衣兜里，还揣着一盒火柴。

父亲，到死都期待着划燃什么。

十六

如今，气势汹汹的汽油和尖锐带毒的化学气息，笼罩了我们的生活，也弥漫在我们的心魂。

农业的气息越去越远，父亲的气息越去越远。

谁的衣兜里，还揣着朴素、温和、亲切的火柴？

谁的身上还散发着古老的松香？

03

在片刻的走神里，
我竟有了今夕何夕、
人生如梦的恍惚而深远的感觉。

谢家桥

一个温暖的地点，
一个有情有礼的地点。

在离我们村不到半里路的田野里，有一个地名，叫谢家桥。桥，只是一个小石桥，两块长条方石，搭在溪沟上，长不足一米，一步就可走过。从田野里弯弯绕绕流过的无名溪水和这片无名田野，因为有了这小小石桥，也都有了姓名：谢家桥。

小时候，谢家桥是我们经常去的地方。家里谁头痛发烧了，大人就喊我们：娃们，去吧，到谢家桥溪沟边采些灯芯草、麦冬，熬点汤药喝；放学了，我和小伙伴就到谢家桥的田埂采猪草，也在溪流里玩放纸船的游戏；三四月里，谢家桥一带的数百亩油菜花开了，金黄一大片看不到边，那是我们小时候看见的很大的金色海洋，我们钻进钻出在海里捉迷藏，蜜蜂满身披黄，我们也满身披黄，区别只是我们不会酿蜜，我们酿造单纯的快乐。

逢年过节，是拜年访亲的时候，我们到谢家桥迎接上门的亲戚，亲戚们离开时，我们随大人送行，也是送到谢家桥。常言说，送客送到村口上，送客送到大路上，送客送到桥头上，才算合礼数，有情义。那时心里就想，要是没这个谢家桥，那我们送亲戚该送到哪里才合适呢？送到村头，我们家本来就在村头，那等于没送；送到大路上，那时乡间的路都是小路，公路离我们村有三四里路远，再说亲戚又住在与公路相反的地方。多亏了这小小的谢家桥，不说别的，就说迎客送客，也让我们有了一个温暖的地点，一个有情有礼的地点。

谢家桥，原本既不是一个村庄的名字，也不是一片田野的名字，只是一座小小石桥的名字。在广袤原野上，为一个一步即可走过的小桥起一个名字，而且这一叫就叫了几百年。这其中有什么原因吗？

后来我才知道，那个小小石桥不远的那户人家，姓谢，祖上是旧时乡间秀才，酷爱读经吟诗，还开办私塾，收徒传道，虽非大户望族，却肯济世助人，行善无数，在方圆数十里村野溪壑，修大小石桥、木桥数十座，方便众人，从不留名刻姓。百姓为了感念谢家恩德，就将他家附近这原本无名的小小石桥，叫作“谢家桥”。

这一叫，就叫了数百年，把这条溪流叫成了谢家桥，把这片原野叫成了谢家桥，甚至把天上的月亮也叫成了谢家桥的月亮。记得那时过中秋节，我们在村口看月亮，月亮升到谢家桥一带的原野正中，大人小孩们就望着月亮说：快看，谢家桥的月亮好圆，谢家桥的月亮好亮。

谢家一直单家独户住在谢家桥附近的原野。我上中学时天天从谢家桥路过，每一次路过，就要望一眼那座朴素安静的房子，青瓦，白墙，房前屋后栽着椿树、榆树、柳树，山墙旁一丛青翠竹子，于微风里静静摇曳，摇出了一种田园幽思。偶尔有狗叫，也似乎比别的狗叫声显得温和，却从未见到那狗是黑是白。春日，菜园里，篱笆前，绿树间，杏花、桃花、李花，一起开了，红白掩映于青绿，让人眼睛一亮，心境缤纷。

可是，我却从没有走到谢家屋门或檐下，去仔细看看。他们家的人，我也没有正面看见过，只隐约见过他们走在屋后田野小路上的背影。

后来，我见过谢家的一个大姑娘，高挑个，苗条端庄，留着两条齐腰的长辫子。走路步子轻轻的，像有一股微风在暗暗吹送着似的。我见到她不久，她就出嫁了。

前些年，我回老家，谢家早已搬走了。那座房子也不见了。

那条溪流早没了，桥也没了。

我问村里的年轻人：谢家桥那家人搬哪里去了？

年轻人问：哪里是谢家桥？我们这里没有谢家桥。

谢家桥，谢家桥，世上从此再没有了这个地方了吗？

可是，我心里有个谢家桥。

我还记得那清清溪流，那小小石桥……

凤凰山

据说凤凰是并不存在的神鸟。

那山不是很高，满山全是松树。一走到山根下，松香的气息就往鼻子里蹿，再往树林里走，就满身满心的松香了。难怪我父亲每次割柴或采青归来，身上总有一种好闻的气味，遮没了平日里的汗味和烟叶味。赶山的人从山上归来，身上都有着不同的气息，凭气息你就知道他钻了什么林子。清爽的香气告诉你他准是进过松林；阴郁的香气证明他刚从柏树林里走出；若他身上漫出淡淡的清凉的香气，你到竹林里去找吧，总能拾起他的一串脚印；如果他到青冈林里劳作了一天，他准会带回一身温爽、微苦的气息归来……

那年初秋，我刚满八岁，第一次随小伙伴进山拾蘑菇，上山前，大人只告诉我一句话：松树林里蘑菇多，去找吧。我就找到了这座长满松树的山，幽深的林子里，是我有生以来从没有看到过的景象，密密的松树，厚厚的松针，清亮的溪水从林中流过，鸟在前前后后叫，却看不到它们的身影，抬起头来，从树枝间漏下来的天空是那么神秘遥远，那么蓝，像母亲的蓝头巾飘在天上又落了下来，像神话里神的目光望着下界；在林子里转几个弯，突然眼睛一亮，像做梦似的，眼前出现了一丛丛、一朵朵五颜六色的蘑菇，像一个个戴着不同颜色帽子的小精灵，好像一直等在这里，要送给我一连串惊喜。面对这梦境似的礼物，我伸出的手竟有些犹豫了，它们这么好看、这么鲜美、这么纯洁，这么喜气洋洋地等待着像它们一样善良天真的小伙伴，来和它们玩森林的游戏，它们是让我采拾的吗？是让我们吃的吗？我的手配采拾它们吗？能采拾它们吗？一惊就醒的是梦，一碰就碎的是美啊。我心里响起两个声音，一个说：采下吧，采下吧，这是给你的；一个说：留下吧，留下吧，这不是你的。

我终于没能抵挡住那梦境似的过于缤纷和强大的美的诱惑，原谅一个小孩对美的事物的无邪的占有吧。大自然的礼物既慷慨又深情，而专供小孩的礼物，更携带着对心灵的震惊和唤醒，开启了这颗心对自然万物持续的好奇和眷恋。我采了一部分，留下的却更多，心想，到了下次，我还会找到它们的，它们还会在这里等我的。走出松林的时候，篮子里已盛满了彩色的蘑菇。既高兴，又有一点内疚，觉得对不起这座山，对不起这片松林，对不起盛装等待的天真的蘑菇们，对不起这些初次上山就遇见的可爱的精灵，看看，我把人家那么好看的帽子都弄破了；看看，我把人家领出了那么安静的森林，我能把人家带到更好的地方去吗？

以后我再没有到这座山上采拾过什么或砍伐过什么，虽然我知道它的林子里，藏着许多缤纷的事物，也许正是害怕损害了那最初的记忆，我对这座山，就一直怀着对神灵一样的敬畏和对初恋一样的念想。

后来我才知道，这座山就叫凤凰山。观其山形，果然像一只展翅欲飞却始终没有飞离的矫健凤凰。据说凤凰是并不存在的神鸟。但在我的童年，第一次出门上山，就遇见了类似看到凤凰一样的巨大震惊和幸福。

懒人坪

天不懒，地不懒，山不懒，水不懒，
树不懒，草不懒，鸟不懒，花不懒。

坪不小，东西绵延三四华里，是两座大山之间一片地势较低缓的慢坡，坪上野花盛开，芳草鲜美，树木茂密，青冈树、松树居多。风吹过，起伏荡漾着一片翠波绿浪，伴随着浑厚的林涛之声，颇为大气恢宏。

为什么叫懒人坪呢？我问过坡下的人家，却笑着回答：祖祖辈辈都这么叫过来的，你问我，我问谁呢？我们住在懒人坪，人住懒了吗？不是，我们是勤快人，不是懒得回答你，对不起，实在是不知道哦。

每次路过懒人坪，我都东张西望着，想从它的山形走势猜想名字的来历。云彩们费力地爬过高崖陡岭来到这里，就慢悠悠扯起懒腰了；雀鸟们冒着风鞭雨箭投奔这里，茂密林子庇护着它们，它们开始懒洋洋地梳理凌乱的羽毛；风经过这里也放慢了速度，岭上还刮着狂风吹着暴躁的口哨，在这里却改换成商量的语调，口里噙着绿叶花蕾，慢腾腾与草木生灵说着休养生息的闲适话题；慢性子的牛吃饱了就听着暖风的亲热话躺在草地上，口吐白沫那可不是呕吐，那是在这慵懒而满足的时刻，反刍和回想一生的峥嵘岁月；急性子的兔子不再慌张，不再是那副总在逃命的可怜样子，它们慢下来放松下来了，草丛里交响着它们从容鉴赏美食的声音，而溪流边洗脸化妆的那一只，怕是今天下午就要出嫁；桐子树下静静卧着的那一只，怕是月宫里的那只白兔，错把桐子树当作了桂花树……

那些割柴采青、负重跋涉的人，一路翻山越岭跳沟涉涧，一来到这里，就很自然地放慢了步子，舒展了身子，匀称了呼吸，有的就索性背靠着树坐下来，咂一锅旱烟，嚼几口干粮，说几句笑话，打一会儿小盹，然后，抖擞了精神，哼着小调儿继续赶路，远方，那飘着炊烟的村庄老屋，已经在夕阳山外山，向他们殷殷招手了。

我发现，这里许多时候的情景，若是用一个词形容，那就只能在缓慢、悠闲、放松、慵懒等几个词之间选择，那就选慵懒吧，是的，很有那么一点慵懒的味道。但是，慵懒，太文绉绉了，山高地偏的，哪能那么文绉绉呢？那就只有一个字可选了，懒。可是，谁懒呢？天不懒，地不懒，山不懒，水不懒，树不懒，草不懒，鸟不懒，花不懒。人生天地万物间，万物生生不息，万物不懒，人更不懒，人忙碌，人辛苦，人不易，走过千秋万世，跋涉千山万岭，人，尤其是山里乡亲，更是满心的坎坷，满头的云絮，满脚的老茧，那就歇会儿吧，当一会儿懒人吧。普度众生的佛，累了，也会打个盹儿的，众生累了，何妨忙里偷闲，扯个懒腰，闭眼养会儿元气，慈悲的佛，也会赶到梦里，帮我们划动疲惫的船。

于是，懒人坪，懒人坪，一个地名，就被飞来飞去的时光之鸟呼叫着，越传越远。

曾经，懒人坪给予了一个乡村少年最初的自然之美的感染和启蒙，那些草木生灵，那些星辰月夜，都让他感到了万物的神圣、神秘以及生灵们的艰辛和可爱。记得上初中时，每到假期我都要上山帮家里干活。我曾挑着柴捆，或提着盛满猪草的竹筐从懒人坪上一次次走过，有好几次与调皮的松鼠撞过满怀，它一定惊讶这个少年那羞涩纯真却汗水淋漓的脸；兔子横穿林间小径，有时正好与我迈动的腿相碰，刹那间两个生命贴得如此近，又于刹那间分别，我想再不会有这个刹那间了，下一次也许还会有相遇的时候，但那已是另一个生灵了。我对离情别绪的敏感，从这时候就已萌生，兔子、松鼠、鸟儿都是培养我情感和美感的好老师。记忆里有多少聚散的身影，就会形成多少情思的光点，光点连成一片，就成为潜意识里密集的星辰、密集的想象力的种子。有一次割柴下山，我靠着柴捆坐在坪上的一棵松树下休息，不一会儿竟睡着了。两只松鼠在柴捆上跑上跑下，以为我是柴捆下的一丛植物一棵小树，如果我多睡一会儿，它们是会在我的柴捆上做巢建立一个小家庭的。多亏后面走来的大人将我唤醒，善意地与我开着玩笑，说懒人坪上睡着一个小懒人。其实我困得很呢，我当时已经体会到劳动人民的艰辛，我想，这些小生灵是来看望我，问候我的。现在回想起来，那种古老的劳动是很累，以致一坐下来就能立即进入梦乡。但一觉醒来，睁开眼睛看过去，到处是绿叶的影子、树的影子、松鼠的影子、鸟的影子、白云的影子、山的影子，在片刻的走神里，我竟有了今夕何夕、人生如梦的恍惚而深远的感觉。现在想来，那样的劳动，虽然累，却并不孤独和乏味，自然界的万物和生灵，都和人一起加入了那劳动的过程和山林穿越的过程，其实是丰富了我对劳动的体验和对山野的最初审美，进而无限延展和丰满了我山高水深的苍茫内心。

懒人坪，懒人坪，其实懒人并不懒，懒人坪上无懒人。懒人坪，它是勤劳的乡亲、辛苦的人们歇息的驿站，打盹的枕头，起航的港湾。我猜想，假若圣人睡着了，圣人也该是一副懒人的模样吧？而乡亲们辛勤劳作的时候，乡亲们其实个个都是圣人。从懒人坪世世代代走过的，都是善良乡亲和劳苦百姓，现在我明白了，善良勤劳的人就是这个世界的圣人。

懒人坪，懒人坪，懒人坪上无懒人，懒人坪上皆圣人。

原公镇

不知今日原公如何？

十多年前的一个春天，春节刚过，我到原公镇闲走。其时老街尚在，旧式木房，一溜排开，店铺商号，杂以民居，比起闹市的喧哗，这里安详却并不沉寂，恬淡里透出几分古意。置身其间，令人身心安和。

走了几步，就发现此地别有一番墨香和风致。家家门前的春联，由不得你不驻足品赏。

“有时三点两点雨，到处十枝五枝花。”

“青山不墨千秋画，绿水无弦万古琴。”

“猪年诗千首，鼠岁酒一船。”

“春风大胆来梳柳，夜雨瞒人去润花。”

“鸡声催晓读，鸟语唤春耕。”

…………

裁缝店贴的是：“愿将天上云霞服，裁作人间锦绣衣”；理发店则是：“虽然毫末技艺，却是顶上功夫”；更令人击节称赏的是酒店的这副："糟粕落地游鱼得味成龙，酒气冲天飞鸟闻香变凤"……几乎所有对联都是上乘佳作，对仗工稳，意境深厚，而且字也写得很好，或苍劲，或飘逸，或隽永，一副一种字体，绝不雷同，显然是出自不同手笔。与现在过年花三五元买的那些简陋无文、书写粗糙、家家雷同、户户相似、视之可疑、读之无味、批量生产的所谓春联相比，当年原公镇上的春联，真正是诗意养心，墨迹养眼。边走边读，边读边记，我还拿出小本子抄录若干副。不长的街道竟走了好长时间，闲逛变成了诵读，随意的走动变成了文化采风，心里荡漾着诗情和春意。

不时有门前长者与我打招呼："年轻人来坐坐""看累了吗，来喝两杯""年过得好啊"……我一一应答、婉谢，看他们的面容神态，大都淳朴谦和、庄重安恬，透出自然亲和的气息和诗书礼仪长久熏陶涵养出的古雅气息。

不知今日原公如何？她的古风还在吗？她的诗意墨香还浓吗？那与我亲切打招呼的长辈们还好吗？我想再去一次原公，重温她的古色古香。

二里河

杨柳垂岸，鸟雀剪波。

离城，显然不止二里；离山也不是二里，她就在山里嘛；离河更不是二里，河叫二里河，就在脚前，裤腿已被河水打湿；那么，为何叫二里，当时没问，至今依然不知。看来，茫茫天地间，我们最大的知识不过是知道了自己的无知，我知识和学问的总长度，加在一起，远远不到二里，顶多只有几厘米吧。

古镇印象不深，古意不多。古风古韵，必得有古老的载体才能显现。古树古桥古屋，一时没有找见，心里有点遗憾。好在山是古的，是盘古开天时造的；水也是古的，是从大禹的脚底漫过来的；太阳也是古的，星星也都是古的，除了几粒鬼鬼祟祟的人造卫星，满天星斗都是孔夫子见过的。这样一想，就觉不论哪里都是古时遗址。不过，如果留下古物让人触摸缅怀，感受就很不一样。

河不大，却很美，妩媚而婉约，像古人留下的一首山水小令，含不尽之意，见于言外。杨柳垂岸，鸟雀剪波，转弯处是河流最有风情之处，水波溅溅，似有无限心事倾诉。

河边绵延着数百米沙滩，沙细白柔软，套用黄金海岸之说，我称之为白沙河岸。那么白、细、柔，踩之不忍，不踩又不甘。于是踩上去，赤脚行走，便有无数调皮手指摩挲脚心，凉意和微痒直达丹田和头顶，整个身心被来自地底的磁力打通，顿觉怡然和超然。

皮鞋里渗进了细沙，不想舍弃，就连鞋带沙穿回了家，还是不忍丢了这么好的沙。它们在亿万年前，是一座座高山大岳，后来，沧海变成桑田，高陵化为深谷，它们被时间之手揉搓成谦卑的沙粒，此时温顺地伏在我的脚底，托举我的竟是亿万年前的高山啊。这么想想，人也就得道了，就不张狂了，也就谦卑了，想想，几十年后你是什么，几百年后你是什么，千年万年后呢？你不敢想下去了，即使你成了世界首富当了国王总统当了地球“球长”，最终你连一粒沙也不是。

最后，我把鞋里的细沙掺进养着兰花的花盆里，命名为：二里兰。

古路坝

万物并非是为了说清楚而存在的。

四周皆山，山势缓缓而上，拱卫着一片开阔盆地。田野、树林、村庄散落其间，溪流淙淙，炊烟淡淡。若是黎明时分，一个人行于此地，见旭日冉冉，自山那边破夜而来，照临人世，你定有神圣之感和出世之思，你觉得这照临万物的日出，这化育万象的天地，必为着一个神圣的目的，不然，这存在的一切究竟为什么要存在呢？

于是就感到当年的传教士们真是会选地方，把陕南最大的教堂和传教中心放在这里，确实有非凡眼光。中国自古讲风水，西方人也是讲风水的，不过他们不叫风水，他们选择一个地方是综合考量的结果。其实风水也是一种综合考量的潜科学，比科学更神秘，含有更多的宇宙意识和心理暗示。风水的道理说不太清，说不清就说不清吧，万物并非是为了说清楚而存在的。

我在教堂遗址慢慢观看，静静地，脚下是百余年前铺的砖石，砖缝里说不定还藏着当年信徒们、教士们、修女们轻轻走过的足音，屋梁上还飘着唱诗班的童声，而在陈旧墙壁上我看见几处黑黄的斑痕，是不是他们深夜读经或祈祷时，用以照明的烛光留下的影痕？

我看见了一个墓碑，墓主是一位年轻的意大利传教士，二十岁来古路坝，二十七岁病逝。具体生平不详，总之，一个年轻人为了他的信仰，把生命乃至尸骨，都留在了异国他乡。

宗教是一个复杂的问题。信仰之外，又混合了文化、政治等元素。我理解，真正的信仰是为人的灵魂指出超越的方向，使人性得以净化和升华，获得来自精神彼岸的深刻安慰，让人能够从容地面对死亡，使死亡的恐惧得以化解，并且相信死亡并不是生命的彻底终结和虚无，而是生命的重新开始，越过死亡的门槛，逝者的灵魂汇入了永恒的精神生命。

他是这样年轻，我想他远涉重洋来到异国偏僻山野，是怀抱着单纯甚至高尚的信仰，他愿意为了一种精神而献身。高尚的精神是没有边界的，他以年轻的死最终超越了肉身的边界。不知他生前在这里生活得快乐吗？充实吗？他感到了为信仰而工作的神圣感吗？有没有耐不住寂寞的时候呢？有没有对故乡的耿耿思念呢？去国万里，漂泊他乡，他病危时又是怎样的心境呢?

一个意大利人的骨骸早已化入古路坝的泥土，草木庄稼从他身体的颗粒里汲取营养，绿了又枯了，枯了又绿了。他在东方一片偏僻山野里参与着无尽的时序循环。他，一个意大利年轻人，他把他的身体和心灵，永恒地放在泥土里，就像永恒地放在上帝的怀里。

我无法不对他怀着敬意。我感谢他，在远离大海的古路坝，他让我想起了大海边的意大利，想起了但丁的诗，想起了信仰对人生的价值，想起了人最终必须面对的死亡，想起了与神圣有关的事物。

倒淌河

一个朝前奔腾，一个向后倒流。

我故乡靠南的山里，有一条倒淌河。河水由山上泉水、涧水和雨水汇流而成，河不大，倒也满满当当，清清冽冽，不染尘埃，透明见底，掬起可饮。

有趣的是，河水本来一路向东，流着流着，忽然像记起了什么，掉过头拐了个大弯，就向西，向来路上流去了。

朝前的水和倒流的水撞在一起，好像都没反应过来，也来不及礼让，河床就有点拥挤，有点吵，有点乱。但在转了一个弯之后，水就走顺了，来的走来的路，去的走去的路，来的和去的有时也平行，平行一阵又交叉，交叉一阵又平行，水却都不掉队，也不站乱了队，你看见的还是那两股子水；有时只看见来的，那是去的藏在了来的下面，有时只看见去的，那是来的藏在了去的下面，捉了一阵迷藏之后，还是泾渭分明各走各的路，一个朝前奔腾，一个向后倒流。

怎么知道哪儿是来的水，哪儿是去的水呢？老人们的说法是，来时的水嫩、冲、生、硬，去时的水老、缓、熟、软；从水色看，前者泛白，后者发蓝；从神态看，前者急切，后者安详。以此辨别，大致是不会错的。这是在以人论水，水哲学后面是人生哲学。

其间深意，需用一生去悟，等到悟出究竟，人也就变成倒淌河，返回或寻找那更深的源头去了，他不再悟什么道理了，他成了道理本身……

连二三弯

留些平缓处，让众生歇息，得点自在，
也有个回望和念想之地。

连二三弯，在农家坡以西，群山奔跑至此，似乎累了，就慢下来，慢成一座徐徐而上缓缓而下的温和之山。跑累了的山在此慢步休息，走累了的人们，采青的、割柴的、放牛的、采地软、收苞谷的人们，以及牛们、羊们、跟着主人上山的狗们，都累了，也在此慢步休息。慢行着，缓口气，歇息着，脚下却并没有停止赶路。过了连二三弯，下坡路就多起来，爬过前垭河，就看见山下原野上自家的炊烟了。耳朵尖的孩子们，还会听见自己的妈妈正在某个屋檐下拉长嗓子高喊：云娃，回来吃饭了；喜娃儿，过沟下坎留心些。

连二三弯，转过一个山弯，再转一个山弯，连转两三个、四五个山弯，就是持续的上坡或下坡。这座谦卑之山，像是对世世代代在尘世的峰峦艰难攀缘、辛苦谋生的人民和众生的一种体恤，几句问候。造物者造山之前，似乎揣着腹稿：料定万物艰辛，众生劳苦，环宇险陡遍布，留些平缓处，让众生歇息，得点自在，也有个回望和念想之地。

连二三弯，我小时在此山采青，放牛，采野菜。一个弯一个弯地转，转不出那满山青翠，满山鸟叫。有一次放牛，起云了，满天的白云，满山的白云，我是第一次在山上遇见这么厚的云，我有点恐慌，我怕云不会离开这里了，我怕我走不出这无边无际的云。我紧紧抓着牛缰绳，让牛为我壮胆。牛大口大口嚼着云，一点也不急，牛是见过世面的，牛安慰了我。过了一些时辰，云散了，山被云洗过一次，那个绿，那个静，那个清爽，我不写了，你去想吧。后来，读到唐朝贾岛的“松下问童子，言师采药去。只在此山中，云深不知处”，觉得诗很好，意境幽深，也觉得贾岛写的正是小时候的我，不同的是我没有采药，我在放牛，不过，对了，我一边放牛，一边也采了些野菜，民间说“百草皆是药”，那么我也在采药，这首古诗就完全是在写我童年的一次经历。诗的出处，就在连二三弯。

连二三弯，这名字，让我感到民间命名的自然和亲切，大智若愚，大名无名，他们为大自然命名，眼里心里有个永远比人大的大自然，无论怎么命名，大还是大，自然还是自然，不因人的命名而变小，或变得有了心机。有了名字的大自然，依然是大自然本身，而不是人的什么物、家具、资源或被征服的对象。比如“孙家湾”“凤凰岭”，不过是孙家住在大自然的某个胳膊弯里，不过是有如凤凰展翅的一道岭。连二三弯，这名字，就像自然本身一样自然，那意思是：人或者众生，在岁月的深山老岭转了二三个弯，接着，上坡了，下坡了，然后，回家了……

屋　顶

我怀念昔年的屋顶，
它朴素、谦卑、诚恳、柔和，
有一种母性的羞涩和温情。

屋顶曾是古老中国随处可见的风景。

它是乡土低调扬起的头颅，谨慎而谦卑地保持着柔和的高度，既流露出对天穹的尊敬和仰望，又深怀着对土地的谦恭和依恋。它没有离尘而去的非分之想，而是土地自己在沉思默想中微微仰起的视线，于晨风和夕照里看远看近，最后总是笃定于素朴、平静的日常生活。

过去的乡村几乎没有高大建筑，映入眼帘的总是那土墙青瓦或竹篱小院的朴素房舍，那错落有致谨慎排列的谦逊屋顶，就是乡村里仅有的略略高出日常地面的“超现实部分”。对此，不能以木石之类的天然建筑材料无法支撑足够的高度给以解释，这样的解释未免过于实用主义和材料主义了。依我看，不好高骛远，不凌空蹈虚，而是在朴素的日常生活里体会人间温情和生存意趣，这是乡土中国的生活哲学和伦理学，也是其质朴的生命美学和建筑美学。

曾经遍布大地的那种亲切的砖木屋顶，就是这种哲学和美学的意象化呈现。

它那谦逊的、稍稍高出日常地面的高度，赢得了鸟儿们的喜欢，世世代代，那些土生土长、不善于在长天莽原搏击、流浪的鸟儿，喜鹊、斑鸠、麻雀、燕子、黄鹂、画眉，它们总爱在屋顶上歇息、聚会、聊天、梳理羽毛，有时还安静地眯眼蹲着，在暖阳里打一会儿盹，当然，有时，趁主人不注意，它们会快速飞下屋顶，分享几粒场院上晾晒的粮食，主人发现了，至多是扬扬手中的木锨或连枷，说一声“龟儿子偷嘴了”，却并不做严厉追究。它们的突然降临和偶尔偷袭，倒是给平静的生活增添了一点趣味，给刚刚学会说话或已经上学堂读书、正准备“多识草木鸟兽之名”的孩儿们一次次现场辅导，大人们会教他：看，这就是斑鸠，屋顶上天天背诵古书的，就是它；那是画眉，口细，胆小，爱在井台上溜达、喝水，今天，也来场院品尝新麦……

多数的屋顶上都雕塑着祥瑞之物，也就是喜鹊、斑鸠、燕子、八哥之类，而这些落脚于屋顶歇息、聚会、聊天的鸟儿，看见了人们崇拜的这些祥瑞之物，却原来正是它们自己，它们一定有会心的欢喜，也觉得十分好玩：原来，人们在暗暗喜欢和崇拜着我们哩，想不到，这些看起来比我们高大得多的人，竟把我们这些小东西当成神灵，供在他们头顶，供在房子最高的地方！那么，偶尔分享一点他们的粮食，看来是会被原谅的。不过，我们可要多说些吉祥的话、多唱些祖传的歌啊。于是，人们总能听到那好听的鸟歌雀语，从屋顶细雨一样落下来。

出门远行的游子，离开时总要几步一回头，走出好远了，村庄模糊了，他仍能看见他家的屋顶，在轻烟薄雾里使劲翘首，还在目送着他；当他归来，还没走进故乡，就急切地开始眺望，从一片交错闪现的屋顶里辨认他家的屋顶，正好，从那熟悉的一左一右雕着两只斑鸠的屋顶上，升起了又白又软的炊烟，他看到了，那是院场前的大柳树下，他的妈妈，在远远地向他招手呢……

我怀念昔年的屋顶，它朴素、谦卑、诚恳、柔和，有一种母性的羞涩和温情。从它，我想起千年古国的面容和乡土的身影，想起我那一代代厚道的先人。如今，我回到故乡，或走在一个陌生之地，透过那漠然、尖锐、雷同的水泥墙壁和钢铁尖顶，总是情不自禁抬起头端详和寻找什么，眼睛遭遇的往往是一片空白，心里忽然就觉得空落。

我明白，我是在寻找屋顶，记忆里那母性的屋顶……

野　风

当它逃离都市，
返回大野山川，
它仍会找到它的透明、清新和单纯。

潮润、清爽、带着草味儿、野花味儿，吹过面颊和心，渗进血液，融入意识的深处。

这是乡野的风。起于哪片林中？哪处河湾？从草叶上拂过，从拔节、扬花、灌浆的禾苗上拂过，从蜻蜓的羽翼上拂过，从蜜蜂的唇边拂过，从欲开的花蕾上拂过，从蛙歌虫鸣里拂过，从露珠和溪流的视线里拂过……这是乡野的风，它经历你的时候，它是带着原野的全部气息，它沿路搜集着那么多那么多芬芳的秘密，此刻汇于你的，是整个五月（或任何时间）的呼吸。

随便走在哪条阡陌，随便站在哪株植物面前，你都能感到一种辽阔的、温厚的爱正把你包围。风的絮语，撩拨你的头发和衣襟，收紧的心渐渐放松，渐渐被溶解，渐渐化作月光、露水、植物，化作风中起伏的土地。

你想起了城市，想起了那浑浊的尖厉的风。那风也是起于大野山川，误入城市，就如一只天真的野鹿闯入猎场。那风，从钢筋水泥的森林里突围，扑打在脸上，也如拳头般地生硬凶猛。那风，从欲望沸天的人的峡谷吹过，也挟带了那么多冷酷险恶。那风，从废气、尘埃中奔突，从疯狂、喧嚣中奔突，如那些被挤压得喘不过气来的都市灵魂，升天无梯，入地无门，渐渐忘记了自己曾经透明的身世，终于也浑浊起来，嗅嗅这风里，有多少文明的废气？都市的风还是有出头之时的，当它逃离都市，返回大野山川，它仍会找到它的透明、清新和单纯。而那沉没于都市的灵魂呢？

这拂过草尖的风，这拂过蜻蜓和蝴蝶羽翼的风，此刻轻拂着我。我与月光里的植物站在一起。我满身露水站着，大地也是满身露水。风吹着我，我也慢慢地变成风，拂过草尖，拂过溪流，漫向遥远……

田埂儿

看着那长满车前草的田埂儿，
嘴里咂一片微甘带苦的车前草叶，
心就沿着这细细的小径走得很远。

村里人不把它叫阡陌。如果听见谁叫阡陌，他们准会问：你说的那个叫阡陌的，在什么地方？

在你脚底下呢。他们赤脚踩着阡陌，不过，他们不把它叫阡陌，他们说这是读书人叫的雅名儿，阡陌是书里的字行儿吧。他们亲热地把田间小路叫田埂儿，细路儿。

泥土的田地，露水里的田埂，被读书人一叫，有了墨水味儿，没有了露水味儿；有了书卷味儿，没有了泥土味儿。

读书人说：阡陌可是叫了几千年了，孔夫子在阡陌上行走，对他的弟子说：多识草木鸟兽之名。

村里人说：田埂儿、细路儿也叫了几千年了，说不定已经叫了几万年了，没有孔夫子，没有书的时候，它就叫田埂儿、细路儿。不信你去问那些蜜蜂、蝴蝶，去问那些蚯蚓、蚂蚁，去问那些青蛙、秧鸡，看它们是不是一直在田埂上、细路上，从古代一直走到今天早上。

田埂上有各种各样的野菜和野草，最常见的是车前草，说它是草，也可以做菜吃；它还是一味常用的草药，平时有个头痛脑热，挖一些车前草，连根儿煎汤喝，就不用找医生花钱买药。尤其在春夏之交的时候，村里人几乎家家都要挖些回家煎汤服，老人们说：老天爷在换季，人的五脏六腑也在换季，喝一碗车前草汤水，去寒扶阳，人就平安换季了，一个夏天病不会碰着你。

看着那长满车前草的田埂儿，嘴里咂一片微甘带苦的车前草叶，心就沿着这细细的小径走得很远，这绿绿的野菜儿，这农家祖传的草药，该是在公元前的那些黄昏就走在这细路上，一寸一寸地走啊走啊，小心保存了怀里的种子，也没有浪费一滴露水，把那微甘带苦的药味儿，一点也不走样地传到今天。

我忽然对这细细的、瘦瘦的田埂生出深深的尊敬和感动。祖先、时间、农业，就在这上面纵横交错地走过，留下野花野草和小麦大豆，让我们想起他们的脚印，也曾经被露水和芳香注满。

田埂儿、细路儿，它们是贯串在大地上的民谣。越来越多的钢铁、化肥、塑料走进了农业，田园快速消失。我越发怀念那细路儿，那长满车前草的细路儿，那被陶渊明走过，被陆游走过，被童年走过，被蜜蜂和白鹭走过的细路儿，被祖母和母亲们走过的细路儿。

我怀念那流传在大地上的古老民谣。

金色的海

乡亲们手握镰刀走进原野，
那阵势很像渔民出海。

秋天，水稻熟透了，原野金黄一片。不久前涌动着的绿汪汪的海，转眼沉静为黄金的海，你不由为土地的慷慨和丰富而感动着。金黄的海浪拍打着村庄，拍打着人们的心。乡亲们手握镰刀走进原野，那阵势很像渔民出海。

这是丰盛的海，又是如此谦卑的海，沉实的波涛依偎在农人面前，应和着镰刀的邀请，平和地、认命似的倒伏下来。农人手把手缔造了这海，培育了这海，又是同样的手，结束了这海，收藏了这海。

身边、手中的稻子是多么温顺，它们本来是有功于天、有恩于人的，然而它们一律低着头，弯着腰，像做错了什么似的，觉得手里的礼物太少而不好意思拿出手，它们在向土地、向人们表示歉意吗？

多年后，在我见过了许多人事之后，我才发现那些说农民心胸狭窄的人是怎样的偏见，而偏见总是出于狭窄的心胸。在这片大地上，农民的心胸是最宽广的，农民的性情是最温厚的。他们与土地朝夕相处，土地熏陶和教育了他们，土地用四季的庄稼和景色——用这最鲜活的教材，培养了天底下最好的学生——那一代代土生土长的父老乡亲。

单看这秋日课程：

之一：金色的海，它起伏着，汹涌着，接着乐天知命地，把曾经怀抱的土地、阳光和果实完整地交出、归还，然后回到清肃和空旷。由此，我想起父亲质朴宽厚的一生。他是土地的合格学生，一定是在那稻浪拍胸的季节，他聆听了土地的教诲，并深铭于心。

之二：温顺的稻穗，它实实在在就是母亲的写真。一生都站在水里，她知道日子的冷暖和深浅。上了岸，她知道该向岁月交代什么，就将一生的思念全部捧出。水在下，培之以谦顺之德；天在上，授之以宽远之心。如这稻子，我的母亲以及与她一样世世代代的乡间母亲，都是土地的优秀学生……

大地湾的药草

她躺下的地方，
那草木土地都带着她的灵性。

离我们家不远，沿村庄往西走两里多路，就是一座平缓的山坡，叫大地湾，那里有二十来户人家，有庄稼地，有草坡，有桐子树林和松树林。小时候，我们经常到大地湾找野菜，拾地软，采蘑菇。记忆最深的，是家里谁头疼脑热严重了，妈妈就让我们到大地湾采药草，茅草、灯芯草、柴胡、前胡、麦冬、鱼腥草等，我们都采过。

其实，那时，在我们家房前屋后，田间地头，河畔路边，那些药草到处都有，“百草都是药”，这是我最早熟悉的乡间学问。我们也时不时随手在周围采些药草，熬汤喝，有病治病，无病防病，有时就当汤喝，我妈说，百草有药性，能治病，也有营养，能养生。但是，遇到谁病重了，我妈就一定让我们到大地湾去采药草，说，那里的药草药味浓，灵验。

后来我才知道，大地湾的一处坡地上，埋着我的一个姨婆，是我外婆的姊妹，我妈的姨姨。我外婆去世早，外婆一走，我妈就再没有能呵护她的亲人了。那位姨婆心肠好，怜惜我妈，经常颠着小脚，杵一根拐棍来看我妈，我妈遇到愁苦事，姨婆总是耐心劝慰，心疼的话、宽慰的话、暖和的话，每一次都说了不下满满几针线篮。说到动情处，姨婆满眼都是泪水，我妈就给她擦，我妈又劝我姨婆要想开，心放宽。这样你劝我，我劝你，你劝我宽心，我劝你心宽，最后就都心宽了，艰难的日子又能过下去了。

我姨婆好像还会一点“巫术”，会发神念咒驱邪，那时若发现谁做鬼神之事，那是不得了的事。姨婆发神驱邪，都是关着门在院子里悄悄做的，我曾爬在门外透过门缝往里面看，姨婆闭着眼睛一会儿说，一会儿唱，渐渐好像神来了，姨婆晃晃悠悠站起来，绕着桌子一圈一圈走，姨婆满头都是汗，我在外面看得心直跳，怕再这样下去姨婆会回不过神来，被神带走咋办。但是，姨婆忽然睁开眼睛，停止说唱，慢慢坐下来，清醒过来，对我妈和当时也在场的我姑姑说，好了，神把邪气都带走了，把不吉利都带走了，神说了，没事的，日子会好起来的，都宽心过日子吧。

现在回想，我姨婆其实是我妈（也许还有别的亲友）的精神医师、生命护理师，做着心理治疗、情感抚慰、精神引领的工作。姨婆笃信天地之间有神灵，她真诚地同情亲人，同情世间悲苦，她想担当和免除这些苦难，她的这份真诚的情怀，真诚到无以复加的地步，以至于满溢和压迫着身心，她一个小小妇人身心，难以负荷这份至深至诚的情怀了，遂将这满溢的真诚情怀，转移和投射到她笃信的天地神灵那里，天地神灵好像都被她的情怀感染和感动了，就与她一起分担她想负担而无法负担的那份情感和心愿。姨婆在给我妈和亲人们发神念咒驱邪，她所笃信的天地神灵也和她一起努力着，化苦厄而得平安，驱邪魔而降吉祥。

能指责我姨婆和我妈她们迷信吗？如今我不仅丝毫不指责，而且我感激并敬佩她们对生命和天地万物抱持的那份古老的情感，那份虔诚到近于迷信的带着远古巫术色彩和神性感通的生命仪式。于今看来，我姨婆，她就是那时通灵的女巫、女神，就是沟通人与天地精神的秘密使者，她用一套特殊的方法和仪式，召唤神灵和命运到场，把人所难以负担的苦厄转移到天地神灵那里，通过加重神的职责，从而减轻了人的苦痛。我姨婆，其实就是那时我妈和亲友们的心理医师，生命和精神的护理师。

我那位姨婆去世后，就埋在大地湾一处向阳的坡地上。我妈每年除夕和清明都要在她的坟前去烧纸，静静地坐好长时间。我妈心里也许一直相信，姨婆的心魂通着天地神灵，即使她不在了，她的魂灵还在，她的魂灵还在护着世上的好人和受苦人。她躺下的地方，那草木土地都带着她的灵性，我们身体里的那点病病歪歪，被沾着姨婆灵性的药草们一点化，也很快就散了。

农家坡，农家婆

它不是山，它是婆，
体贴我们这些当娘的苦人，
它是我们农家的婆啊。

吾乡往西二三里，有一座山，是我自小认识的第一座山，我第一次爬山，也是爬的这座山。它看起来很有气势，块头也大，连绵数十里，如长龙腾跃、蜿蜒。与别的山相比，也算不小的山，但从没人叫它山，都叫它：农家坡。

山上有溪，有泉，有树林，有庄稼地，种着麦子玉米，红薯土豆，小时候还听说山上有狼，我们那里一个姓杨的人，在他还很年轻的时候上山砍柴，累了，靠树上打盹，被一只小狼咬走了半只耳朵。山上要啥有啥，是一座很像样的山了，但我从没听谁把它叫山，一次都没有，人们都把它叫农家坡。

这山的半山垭口，叫前垭河，路边有一座庙，供着山神，我小时上山随大人割柴，见过那位神，泥土做的，身子骨用木棍、竹子撑起，五官是用毛笔画的，神的长相也与乡亲相似，有点像我父亲的样子，憨厚，瘦削，营养不良，劳累过度，不过，神可能不会患关节炎和腰肌劳损，神没关节，那竹子做的腰椎只会朽，不会疼痛的，不像我父亲，累成一身病。就觉得做个泥巴的神，比做人还是轻松些。那时，进庙并不跪拜，就是歇歇凉，缓口气，然后继续爬山。不过，看一眼神，心里就安稳些，消瘦、寂寞、营养不良的神，不也在这里陪着咱吗？有山神守着，该是一座尊严的山吧，但是，人们都叫它农家坡。

后来去了好多地方，知道地名里寄寓了丰富的含义，也表达着深厚的感情。在没有山的地方，人们向往山，向往有一个值得仰望的地方，会把一个小土坡叫作山，把内心里对高大事物和超拔境界的念想，都寄托在那想象中的高峻处；在缺少平地的险陡深山，人们又稀罕平地，一处比一张草席大不了多少的平缓之地，也会被叫作李家坝、孙家坪、大铁坝。我的故乡在巴山腹地，像藏在山的胳肢窝里的傻小孩，抬头举目多的是高山大岭，那些不那么陡峭、样子温和一点的山，即便本来就是大山，在乡亲们眼里，也就成了夏家梁、王家坎、焦家嘴、席家峁、农家坡。

农家坡被几千年地叫下来，还有别的原因吗？我妈在世的时候，我问她：那么大一座山，为啥从来没人把它叫山呢？

我妈说：你知道的，你娘是小脚，乡里许多我这个年纪的女的，当娘的，世世代代都是小脚，我们一辈子没上过几座山，脚小，山陡，我们想上山，想站在高处看看自己这辈子过日子的地方是啥样子，看看远处是啥样子，我们上不去。只有那个山，我们这些当娘的也能上，上去采地软，拾蘑菇，种庄稼，还去拜过山神。那个山，高是高，大是大，它是慢慢地高，轻轻地大，我们这些当娘的小脚，就慢慢地上，轻轻地爬。世上哪座山，像它这样待人谦和，待我们当娘的这么好？让我们站在它身上？娃，你细看，它是一座弯下腰背的长生不老的老婆婆，把我们这些没出息的当娘的，背在背上，背到高处，让我们到高处走一趟，看一眼自己的今生来世。它不是山，它是婆，体贴我们这些当娘的苦人，它是我们农家的婆啊。

哦，这下我才知道，在我妈这里，她把那座山口口声声叫了一辈子，叫的并不是“农家坡”，叫的是“农家婆”。在她心里，那是一位慈祥的农家的婆，是她和那些世世代代小脚母亲的好婆婆啊。

那就尊重母亲的命名吧，父亲们有的是山。就把母亲的这座山，叫农家婆吧。

我母亲和她那一代的小脚母亲们，陆续都走了，越走越远。

那座温和大山，那位慈祥农家婆，成了她们的雕像。

童年，那塔，那庙

水声和钟声，
就是佛的叮咛，
就是来自尘世之外的声音。

年底回了一趟老家。童年时的老房子还在，记得我们家的这座房子是村里最外边的，小时候推开门一步就跨入田野，夏天，常常有一些小青蛙不小心从水田里跳上我家的场院。燕子是我家的常客，麻雀也时常在屋檐下找食吃，屋顶上，斑鸠咕咕——咕咕的叫声总是那么慢悠悠的，不知是快乐或是忧愁。

可是，这些情景都看不见了。我们家的四周新修了很多水泥房子，这座当年最外边的房子似乎已成了村子的中心。童年时感到很大很空旷的田野，如今显得是那么窄狭。乡亲的日子比起当年是好过多了，至少吃饭是不愁的，有力气的青壮年还可以出远门打工挣钱，虽然在外劳动很苦很累，但总是会挣一些血汗钱回来，修房、赡养老人、供孩子上学。乡亲们把孩子读书的事看得很重，谁都明白，那几分田里刨不出金子，守着也就是糊个口；靠坑蒙拐骗发财的毕竟是少数，也不是个正路。不读书上学怎么行，以后打工都要受过高等教育的。所以，供孩子上学成了大部分人家的头等大事，都舍得血本，再苦再累都能承受，就是不想让孩子以后受苦受累。当然，能考上大学的是极个别人家的孩子，大部分孩子中学毕业后还得回乡，务农、经商或打工。苦累还是要受的，不过他们毕竟受过一些教育，对外界的信息，对生存的理解，以及谋生的手段，都比他们的父辈要丰富得多。

我在村庄的四周和较远处的山野转悠，估摸着我童年少年生活空间的半径有多大，可能有四十平方公里左右。一条从村头缓缓流过的漾河，三面是巴山峰峦，往北隐约着巍峨秦岭，中间这一片原野乡土，大致构成了我成长的自然环境。而周围的人呢？现在回想起来，他们大都是劳苦百姓，也都是有着传统古风的厚道人。即便那些当时以为不那么好的人，也不必对其过分苛责，一生劳苦，在贫穷中挣扎，在窄逼的生存池沼里艰难喘息，即便偶尔“使坏”，比如张三说李四的坏话，赵六偷王五的葫芦……如今看来，都是受苦人折腾受苦人，糊涂人糟蹋糊涂人，再往透里看，都是那个叫作“命运”的怪物，在折腾人糟蹋人啊！

在这四十平方公里左右的空间里，留在我童年记忆里的，有三座古塔，它们曾经是我辨认方向的标志，是我走夜路时用以壮胆的“神物”，是我时常仰望的事物——在那些蒙昧单调的日子里，这些高出地面直指天空的宝塔，让我目光望见了高处的鸟、高处的星空、高处的幻景。其中的两座塔都已拆掉了，我已经记不清它们坐落的确切地址。另外，还有一座寺庙——柏林寺，童年时，庙里香火很旺，住庙的和尚据说有近十位，每年冬天庙会的时候，附近几十亩冬麦田都被踩平了，而来年春天小麦长得特别好，人说是佛祖保佑，其实是“佛祖”集合了人力，踩踏得泥土严实，地气温暖，庄稼就丰收了。庙里的佛像、钟声、香火，以及僧人虔诚安详的面容，都给童年那简单的心灵投下了神秘的印象。尤其是，当大雾弥漫的冬日夜晚或清晨，天地间什么都隐匿了，只听见庙前的河水哗啦啦的声音，伴着庙里悠悠的钟声——这时候竟觉得：水声和钟声，就是佛的叮咛，就是来自尘世之外的声音，令我感觉人心的深处藏着一片又干净又安静的“深山幽谷”。

后来发生了“文化大革命”，庙毁弃了，佛像都被砸碎扔进山野，“佛”已经转世为泥土，为草木，为粮食，说不定，有一部分“佛”通过钟声、通过粮食已转化成我体内的某些声音、某些情思、某些气息、某些语言。

总 | 有 | 喜 | 鹊 | 待 | 人 | 来

04

现在，他们都躺在这里。

这一躺，就注定要永远躺下去。

想念小村

小村的世面不大，
小村心地单纯，
心事简单，话题也简单。

小村很小，一二十户人家，地名听起来也很小。这小小的地名需轻轻地、抿着嘴叫，才能叫出那小小的味道、小小的意境、小小的风情。如果你大张着嘴吼叫，会吓坏了她，会惊了她的魂儿。不信，你试着大声吼一句：“孙家湾！”看是不是没有了孙家湾的味儿？孙家湾飘着淡淡的野花香味儿。孙家湾像一个新婚的小媳妇，青涩、害羞、爱笑，朦胧中透出刚刚知晓什么秘密后的不好意思，还流露一点隐隐约约的风流。

你肯定不能大声吼叫孙家湾，只能轻轻地、软软地喊她。

李家营、张家寨、汪家梁、富家坝、杨家坪、袁家庄、吴家沟、王家坎……她们都是孙家湾的姊妹。她们都是很小很小的小村。

一只公鸡把早霞衔上家家户户的窗口。

一群公鸡把太阳哄抬到高高的天上。

一只猫捉尽了小村可疑的阴影。

一只狗的尾巴拍打着小村每一条裤腿上的疲倦和灰尘。

一条小路送走远行的背影，接回归来的足音。

一座柳木桥连接起小河两岸的方言和风俗，彼岸不远，抬脚即达。

一头及时下地的黄牛，认识田野的每一苗青草，熟悉小村每一块地的墒情。

一架公道正派的风车，分辨着人心的虚实和小村的收成，吹走了秕谷，留下了真金。不管外面刮什么风，这古老的风车，她怀古，她念旧，她一年四季只刮温柔的春风。

一缕炊烟从屋顶扯着懒腰慢慢升起，与另一缕炊烟牵手，渐渐地与好几缕炊烟牵绕在一起，合成一缕更大的炊烟，淡淡缓缓地，又热热闹闹地，向天上飘去，结伴儿要到天上去走一回亲戚。

一架高高的秋千，把小村的笑声荡向云端荡向天河，只差一点，就把天上想家的织女接回来了，可惜就差那一点。于是小村的秋千越荡越高，越荡越高，荡了一年又一年。

一棵老皂角树，搓洗着世代的衣裳，小村的布衣青衫，总是那么朴素洁净合身得体，一年四季都飘着皂角的清香。

即使走在远方的街头，闻一闻衣香，就能找到你的老乡。

一弯明月是小村的印章，盖在家家户户的窗口上，盖在老老少少的心口上，有时就盖在大槐树上和稻草垛上，盖在孩子们的课本上。

小学放学的学娃子，边踢石子边背诵“两个黄鹂鸣翠柳”，小村的树上就歇满了唐朝的诗句，家家户户就记住了一位姓杜的诗人。

村头那口水井，滋润着小村的性情、口音和眼神：淡淡的、绵绵的、清清的……

小村很小。小村的世面不大，小村心地单纯，心事简单，话题也简单。小村没有大起大落，没有大悲大喜，习惯了平平静静过日子，小村的夜晚没有噩梦。

小村很小。小村的心肠软，人情厚，张家娃感冒了，折几苗李家院子里的柴胡散寒祛风；黄二婶炖鸡汤，采一捧邻居菜园的花椒提味增鲜；老孙家的丝瓜蔓憨乎乎翻过院墙，悄悄给我家送来几个丝瓜；我家的冬瓜藤比初恋的后生还要缠绵多情，绕来绕去非要绕进老孙的地里，于是，几个比枕头还大的冬瓜蹲在那里，傻瓜一样守着，不走了。

小村很小。小村的脾气好，性子慢，庄稼不慌不忙地长着，孩子不慌不忙地玩着，大人不慌不忙地忙着，老人不慌不忙地老着，溪水不慌不忙地哼着祖传的民谣，燕子不慌不忙地背着一部远年的家训。除了急躁的闪电和偶尔发脾气的阵雨，多数时候，小村是慢悠悠的——羊儿是慢悠悠吃草的，夕阳是慢悠悠落山的，山湾的那汪清泉，也是慢悠悠说着地底的见闻的。

小村很小。小村的胸襟并不小。小村的天空很大。天，是小村的哲学老师和伦理学教授，把深奥的道理讲得通俗透彻。小村有句口头禅："老天爷在上，把啥都看着呢。"小村早就明白：在天下面，谁都是小小的，神仙是小小的，皇帝是小小的，村主任是小小的，人啊鸟啊猫啊狗啊蚂蚁啊都是小小的，谁都没有什么了不起。小村没有势利眼，小村没有奴性，小村不崇拜什么官啊长啊，小村只尊敬君子。君子是大人，君子是懂得天道人心的人，是有情有义的人。因此，厚道和本分，是小村对人品的最高评价；善良和仁义，是小村的身份证和墓志铭。小村虽小，小村不出产小人，小村最看重良心。

小村的鸟不卑不亢地飞着，小村的狗不卑不亢地叫着，小村的河不卑不亢地流着，小村的云不卑不亢地飘着。

小村夜晚星星很多，密密匝匝像熟透的葡萄。老人逗孩子们说："那么多葡萄，祖祖辈辈也吃不完一小串。"

"嚓"——几颗流星划过小村头顶。

孩子们说："天上的孩子也在吃葡萄。"

炊　烟

如今，我闭上眼睛，
就能看见村庄上空那一道道炊烟。

一

有时是在放学回家的路上，有时是在采猪草的山上，有时是在玩耍的河滩上，远远地，我们看见，村里的炊烟，陆续飘起来了。

那时，我们贪玩，也贪吃，炊烟撩拨起我们对饭的向往，看见炊烟，就好像看见饭了。炊烟是村庄的手势，是母亲的手语，是生活的呼吸，我们喜欢看炊烟。

看炊烟，距离远一些最好看。在高处看，尤其有意思。

我们经常在山梁上远远地看炊烟。

二

那是杨自明叔叔家的，那炊烟一出来就比别的人家的高出好多，自明叔叔是远近有名的大个子，一米九，有人说两米，我有一次悄悄站在他的旁边做了试验，才挨着他的衣襟，还不到他的裤腰，自明叔叔摸摸我的头，慈祥地说，好好长，将来也是好个子。我想我再长都赶不上他了，他的几个儿女都是大个子。他们家的房门高，灶也盘得高，这样免得进门碰头，做饭弓腰；灶台高，烟囱也就高，不然烟抽不上去。每当村里炊烟升起，我们一眼看见的准是他家的。我们就喊：高个子炊烟，高个子家快开饭了。那炊烟也似乎知道自己个子高，不能落后，在众多炊烟里它飘得最快最远，其他的炊烟都落在后面，连支书家的炊烟都落在它的后面。自明叔叔家成分高，是地主，经常受欺负，事事都落在人后，他们家的炊烟总算在无人的天空跑在了前面。我心里就胡乱想，天空上面没有成分，没有阶级，没有斗争，天空好善良好宽厚啊，让自明叔叔家出了口长气。我暗暗为自明叔叔高兴。

那一定是成娃家的，成娃妈性子急，眼睛不好，成娃的爸爸老是埋怨饭不可口，有时还动手打成娃妈，可能还为别的事情吧，他们经常吵架。成娃妈做饭时爱用火棍在灶膛里倒腾，火势就气冲冲的，炊烟受了感染，也就不耐烦地往上蹿，也气冲冲的，时不时还冒点黑烟，好像在发脾气。听说成娃妈性子虽然急，却是个软弱的人，生活中总是逆来顺受，连大声话都很少说。我们真想把成娃的爸爸叫到山上来，让他看看，成娃妈心里憋了多大的冤屈，在对老天爷说呢。

那该是寡妇杨婶的，慢腾腾、病恹恹的，人在地上没个依靠走不稳，炊烟在天上也是这样，无根无趣地晃悠着。她的炊烟起得晚，收得早，细细歪歪了一阵子，就停了，我们知道她又潦草地吃了一顿饭，潦草地过完了一天的生活（她不到五十岁就去世了，潦草地过完了一生）。

喜娃看见他家的炊烟了，今天肯定是他妈妈做饭，不是他爸爸做饭。他爸爸做饭，总是不耐烦，说蹲在灶神爷胳肢窝里急人，就不停地向灶膛塞柴火，还用吹火筒吹火，他不耐烦，火也不耐烦，几下子饭就焦了，他们没少吃他爸做的夹生饭。几次看见他家屋顶上急慌慌的炊烟，喜娃就皱眉，糟了，又要吃夹生饭，回家果然吃的爸爸做的夹生饭。喜娃肯定今天是他妈妈做饭，他说妈现在正往灶膛里慢慢添柴火哩，你看，那炊烟慢悠悠地，像妈说话一样，斯文地一字一字地说，说到要紧处，还停顿一下，然后继续慢慢说下去；看见那炊烟了吗，也停顿了一下，显然有要紧事要做，是要蒸饭了，妈说文火做的饭香，好吃。你们看，那就是文火，冒的烟是文烟。喜娃妈是过去秀才家的女儿，读过古书，会背不少诗文，虽然日子紧，但还是讲究。我们就笑着说，这炊烟也有文化，也会咬文嚼字，在和老天爷商量学问呢。

我看见我家的炊烟了，我们家在村边，离那条河不远，起风的时候，我家的炊烟就在屋顶上转几个弯，迟疑一会儿，就出了村，飘过原野，随着风过了河，与对岸孙家湾的炊烟会合了，我就想，我们家烧的柴经常都是父亲在孙家湾附近的山上割回来的，柴也想念自己的老家，想念自己的同伴，它变成烟也要回去，与同伴们再见一次面。有时，我家炊烟刚飘到河心，风改了方向，顺河吹下去，炊烟也顺河飘下去，就看见孙家湾的大部分炊烟也顺河追下去，与我家的炊烟飘在一起了，它们不愿让好伙伴独自出走，他们要和好伙伴一起走。在无风无雨的晴好天气，我家炊烟就笔直地、静静地升上天空，像一个高个子的人，在屋顶上踮起脚尖向远处眺望，它在眺望什么呢？站在河对岸的山上，你就能看明白，原来，这个时候，孙家湾的炊烟们也笔直地、静静地，踮起脚尖在眺望哩，在一个合适的高度，它们望见了我家炊烟，我家炊烟也望见了它们，它们静静站立在天上，就像它们曾经是青翠的草木站立在山上。不过，对一个小孩子，炊烟的意义首先是一种招呼，是母亲轻轻挥动的白头巾，告诉她的孩子，该回家吃饭了。

…………

三

天空湛蓝的时候，炊烟是淡淡的白；天空灰暗的时候，炊烟是淡淡的蓝。淡蓝和淡白，这是我对小时候故乡炊烟的印象。

不那么空也不那么实，不那么高也不那么低，不那么蓝也不那么白，炊烟淡淡的，乡村淡淡的，淡淡的，是平常乡村的色调。

清晨，炊烟在微风中斜斜升起，一天的日子就这样伸着懒腰开始了。

正午，天空安静得像一面无人使用的镜子，炊烟就直直地写上去，像要打上谁家的记号。

黄昏，鸡鸣狗叫，风也赶来凑热闹，把各家各户的炊烟吹成一片零乱，又悔过似的，眉头一皱，收拾起满天思绪，一丝一缕，整理出一条白色的栈道，供好奇的孩子们在天上来回奔跑。

炊烟里飘着稻草的香味，麦秆的香味，松枝的香味，野蒿的香味，芦苇的香味。仔细嗅，还能嗅到妈妈手心里的汗味儿。

刚刚学过几首儿歌的我，望着炊烟也构思起赞美炊烟的儿歌来。心想，炊烟里的妈妈是多么美丽，妈妈是炊烟，在天上飞，在儿歌里飞。

念着自己编的儿歌跑回家，看见母亲伏着身子，正往灶膛里添柴草。火光照着她的白头发。她把身子伏得更低。她像夕阳下河滩上的芦苇。

远远地，我眺望到生活最初的诗意。

母亲匍匐着身子，小心拨动柴火，火光照着她花白的头发。她不知道，她微不足道的动作，营造了儿子视野里第一缕美感。

炊烟，旷古不息的炊烟，安慰了世世代代的游子，漂泊的灵魂，从一片云、一缕烟，猜测着故乡的消息、家的消息、生活的消息。

炊烟里母亲的身影，已变成记忆里的雕塑。

记忆里的炊烟，从母亲手中缓缓升起、升起……

四

几十年过去了，如今，我闭上眼睛，就能看见村庄上空那一道道炊烟，想起我和小伙伴站在山梁上看炊烟的情景。

烟，一缕缕散了；人，一茬茬走了。我怀念过去的炊烟，怀念那些点燃灶火、扶起炊烟的人们：自明叔，寡妇婶，成娃妈，喜娃妈，润娃妈，我妈……

五

那天我回老家，我过了河，来到孙家湾，我走在田埂上，走在树林里，走在山坡上，那是我家炊烟即使飘过河也要返回的地方，说不定，我脚下的泥土里，就藏着几十年前飘落的细小烟尘。

人，活在世上，也是一缕炊烟，被命运之灶点燃，被岁月之风吹拂，到底在烹调什么，自己也未必清楚，别人看见的，只是那或浓或淡或直或弯的一缕，在屋顶，在天空，轻轻飘过。

不管怎么说，炊烟升起来了，或者曾经升起过，生命路过的地方，总算都有过各自的味道……

溪　流

睁开眼，看见的第一瞥眼神，
是你，是这大地上保存不多的古老纯情。

一

一条溪水绕村流过，它的源头是村西面五泉山上的那五眼泉，流经我们村时，仍保持着泉水的清澈。记得那时，没有人向它扔垃圾杂物，没有人在一汪清流面前说不干净的话。人们知道，上游清则下游洁，前面浑则后面浊，谁都不愿把好端端的清水搅浑弄脏，那双见不得人的脏手长在谁的身上，谁都会不自在。妈妈们说，谁忍心往泉的眼睛里扔脏东西？谁的手里有那么多脏东西？爹爹们说，我们都是爱干净的人，我们都爱干净的水，爱干净的东西。就这样，一条干净的溪水，绕着干净的人们，绕着清贫的生活，清清地流淌，缓缓地流淌，看得出，这天真的溪流也不愿意离开这简朴美丽的小村。

二

溪水绕小村，二三十户人家，无论识不识字、读不读诗——也许多数都不读诗，甚至有许多乡亲并不知道世上还有个叫作“诗”的东西。但是，这条溪路过家家门前，流水淙淙，温柔鸣溅，宛如书童殷勤朗诵着不求甚解的诗句。过去我不明白，为什么我们村的乡亲，无论男女老少，说话的口音都好听，天然地合辙押韵，好像受过音韵培训。后来我才知道，那是受了溪水的常年熏陶，溪水是他们的美学老师和音韵学教授。原来，他们说话，发的是溪的音，用的是泉的韵。

三

每天早晨，推开门，第一眼看到的，是这样一脉清清眼波，含着一脉盈盈情深。世世代代，日日年年，清早起来，乡亲们，睁开眼，看见的第一瞥眼神，是你，是这大地上保存不多的古老纯情。清早起来，人们第一件事就是与你交换眼神。天长日久，人们的眉目之间，渐渐就蓄入了水波泉韵。假若你曾沿着这清清亮亮溪流走过几回，你就明白了，即使举世混浊，千沟纳污，我的乡亲们，何以仍有那样清澈无邪的眼神。

四

是的，我的乡亲们，每天早晨，睁开眼，推开门，看到的不是冰冷的钢铁，不是呼啸的轮胎，不是带着刀子的眼睛，不是教唆你竞争竞争的市场洪流，不是唯利是图、损人利己的市侩哲学……早晨，推开门，第一眼看到的，总是这清清眼波，这纯真的注视——这是写就于公元前、深藏乡野而未收入《诗经》的一首古老纯诗——每天，我的乡亲们，都是从这第一瞥透明的注视里，开始每一天的劳作和生活。由此上溯，世世代代，我的祖先们，每一天的人生，每一代的人生，都是这样，睁开眼，推开门，从溪水、泉流里，擦拭眼睛，提取眼神，然后上路，照亮一天，一生……

五

后来，五泉山上的五眼泉渐渐断流，溪水也随之断流。环绕小村的那条干枯溪沟，终于被垃圾、塑料、废电池、死猫、污水……填满，时代穿着各种鞋子、戴着各种面具路过这里，向一个去向不明的地方狂奔，并随手抛撒过剩的欲望和过多的秽物。最后，藏污纳垢的溪沟，终被踩平，变成内蕴无穷的古老乡土下面有害物和无机物堆积最多的一部分，可供后人考古之用。后来的人们，再也不知道这里曾长时间蜿蜒过唐诗里的清澈句子，甚至更早的《诗经》里的句子，曾在这里数百年上千年地荡漾。

好像是一个症候，一个隐喻：五泉山闭上了它的古典之眼和灵性之眼，那曾经透明的眼神，那一代代的人们与之长久交换过的眼神，在我母亲走的前后，也陆续走了……

登　顶

从草木间走过，
我们碰碎了多少露珠；
从岁月里走过，
我们留下了多少遗憾？

天不亮我就骑车离开城市，一个小时后，就到了南山脚下，此时，村寨里鸡鸣声响成一片，有几只公鸡跳到草垛上，扬起脖子扯着嗓子对着天空大抒其情——看着它们虔敬的样子，作为一个喜欢写诗的所谓诗人，我竟然有了几分惭愧：它们是比人世间的所谓诗人更纯粹的真诗人。古往今来，它们一直坚持着对太阳的初恋和对天空的痴情，不管人世如何变换着烟雾、泡沫、脸谱、时尚和语言，不管人造的电子钟如何扭曲着人们的时间表，它们，始终坚持自己内心的刻度，用自己古老的语言，与黑夜交谈，向太阳倾诉。就在它们一次次质疑黑夜太黑了，要从浓重的乌云里抢救出迷途的旭日，而我们这些所谓诗人，却常常躺在名利的被窝里与黑夜同床共枕，打着押韵的鼾声，说着岁月静好的昏话——真是惭愧啊！在黎明的词典里，何曾收录过诗人激动心魂的诗句？倒是在黑夜的档案里，留下了他们瘫痪残废的记录。我恭敬地站在路边，听着它们的一首首诗朗诵，从它们固执的身影和纯正的声音，我感觉到这个变得越来越可疑甚至变得越来越可怕的人世总算还有一种不变的东西保存了下来，这就是：对光明的追寻、对体现均衡美学和正义的宇宙法则的不变的坚守，以及表达这种情感和信仰的，那种单纯的、动人的、万古长新的诗的语言。而这一切，不是由人类的随波逐流的所谓诗人鲜明地表达出来，却是由貌似没有任何文化和现代意识的大自然的抒情诗人——由雄鸡们表达了出来，就更有了一种客观性和永恒性。因为我想：当有一天人类的时钟彻底停摆了，也即是说人类作为一种生物寿终正寝了，那时，响彻大地和天空的，绝不会是别的什么电子时钟和机器人的胡言乱语，而依然是雄鸡的诗朗诵——可见雄鸡身上携带着永恒的时间秩序和生命节奏，而人身上镶嵌的，只是自己折腾自己也折磨万物的临时的、扭曲的、错误的、自私的闹钟，大自然随时都可以将其删除。

我把自行车寄放在山下一位农民大伯家里，然后步行上山，一路上我时而打着口哨，时而哼着小曲，有时遇到一户人家，突然从屋檐下奔出一条狗汪汪着扑来，我就模仿着它的嗓子，弯伏着身子也向它汪汪着做出扑咬它的姿势，那狗竟胆怯地退却了，尽管仍然汪汪着，但底气明显减弱了，它一定在想：这条狗不好对付，可能是一条疯狗，他竟然可以站着，也可以弯腰伏着，还披着假模假样的衣裳，叫声显然不地道，绝对不是一条正确的、正宗的狗，很可能是一条假狗或疯狗。更让它纳闷的，是这条狗的眼睛的部位竟架起了两块明晃晃的闪着不怀好意光斑的玻璃（眼镜），可得当心！

狗和我没有怎样纠缠，它可能害怕了，转身哼唧了几声，朝屋墙后面走过去了。我们互相留给对方一个永难解开的谜，我继续爬山。

越往高处走，草木越多，露水越多，云雾越多。云像在滚动，在蒸腾，像有一个巨灵在暗中喷吐。云漫过的地方，草木洁净而湿润，露珠挂在上面，像一串串透明宝石。真不忍心碰落了它们，纯洁的事物，好的东西，都脆弱易碎，经不起哪怕是轻微的伤害。尽管小心地行走，还是不停有露珠落地而碎，衣裤都被打湿了。我就想：从草木间走过，我们碰碎了多少露珠；从岁月里走过，我们留下了多少遗憾？

阳光照过来，却没有多少热度，不像是六月的太阳，柔和得像是三月的初阳，厚厚的湿润的云雾抚慰了它，它也以温柔的被净化了的“佛光”抚慰土地上的事物。此时我看不见太阳，我想它正慈眉善目地从高处注视着我，注视着一切。

云雾已开始减少，视野仍然朦胧。草木们幸福地站在清凉里，各自的手里都握着足够的礼物，艾草、狗尾巴草、马鞭草、车前草在微风里轻颤着，又很快静止了，我似乎能看见它们欢喜又有些着急的神情：满手满身的珍珠钻石，不知该送给谁？

忽然，脚底下“咔嚓”一声，接着就感觉有什么东西瘫软下来，是不祥的小型爆炸。我低下头，抬起脚，一看，一只鸟蛋被踩碎了，蛋清蛋黄沾在我的右鞋上。一颗心脏、一团色彩、一双翅膀，一串云端的鸣叫，都葬送在我粗暴的皮鞋底下。谁能再复活它呢？上帝的手何时才能把这破碎的汁液再一次聚拢，提炼成飞向天空、拍打我们想象的美好羽毛呢？我的心，我那一度被早晨的霞光、被审美的激情鼓荡得十分高涨、迷狂的心，猛然沉下来，心里浮起伤感、悲哀和自责。

雾终于散了，此时我才发现，我已到达山顶。可是我却兴奋不起来。一点也没有所谓的“一览众山小”的喜悦。不错，我是到达了峰顶，到达了这座不算太高的山之峰顶，到达了这个平凡早晨的峰顶。然而，在一块岩石上坐下来，我脱了鞋，查看我的鞋底，我不禁一阵心惊：貌似无辜、辛苦的鞋底上，沾着斑斑伤痛和血迹，沾着被踩碎的蛋清、蛋黄，沾着被踩死的蚂蚁、蚯蚓，沾着被踩断的蝴蝶，沾着被踩烂的蟋蟀、瓢虫和蜗牛——我看见两个模糊的蟋蟀头部，它们也许正相互偎依着倾诉，我的鞋，使它们的婚礼变成葬礼……我不敢细看也不敢细想下去了，我骂了几声自己，我真想就地埋了这双劣迹斑斑、血迹斑斑的鞋！

我应该赤着脚，跪在山顶，大声说一声对不起，我应该向生灵们忏悔，向土地忏悔，向道路忏悔，向早晨忏悔。

是的，我到达了这个平凡早晨的峰顶，然而我却没有抵达的喜悦。抵达的时刻竟是忏悔的时刻。我想起这个世界的状况，想起生命和命运，想起过往的历史和正在经历的现在，以及注定要穿越的未知岁月；我想起世俗的事功和崇高的信仰，我想起庸常的追求和伟大的征服……不管我们对自己的所言所行、所作所为怎样饰以华彩罩以光环，人，即使是对自己似乎很人性、很合理的行为，都不能过分自以为是。人，不过是人，不过是生物界的一个物种，不过是使用着这个世界，也毁损着这个世界。说到底，人不过是对这个世界存有更多欲望、怀有更多企图、握有更多手段而已，即使是貌似高大上的事业，也不过是为了满足人的更多欲望和诉求。在自然的眼里，在神（或更高的存在）的眼里，也许一点也不崇高，倒是一种更深重的践踏和更厉害的索取。更不用说对财富、对权力、对名利、对占有、对享乐的追逐和争夺，本能和贪欲更是其直接的动机和动力。在通向财富之巅权力之巅享乐之巅的路上，人们啊，请查看你的脚底和路面，那被践踏和伤害的，岂止是几枚蛋、一些虫蚁？

我站在山顶，纵目远眺俯瞰，我想着，此刻，在世界的无数大路上小道上野径上，追逐着、狂奔着、攀缘着、争夺着的人们，我想提醒一句：慢一点，轻一点，仁慈一点，或者停一会儿，低下头，请看看自己的脚底……

辜　负

我要把大地写成一首长诗。

我曾经面对着向我展开洁白信笺的欢喜的云朵，竟没有写上欣慰的诗句和深情的祈愿，却把憋在心里的郁闷，泼向碧蓝的晴空，黑云由此而生，并渐渐累积成重霾。至今我还在后悔，那天出门看天不是时候，后来的天色逐渐转暗，我要负一部分责任。

我曾经对着林子里悬挂着的鸟笼，戏谑地模仿它们的叫声，让它们以为我是笼子附近的另一个笼子里，豢养着的一颗乖巧的灵魂，令它们以为自己真是幸福的宠儿，并为此加倍幸福不已。直到那天，我听见笼子里的那些鸟儿，对着我连声喊“幸福一万年”，才知道它们在笼子里至少已幸福了几千年了，终极目标是幸福一万年。

我曾经在一条叫鸭儿河的芦苇滩里，拾起三枚野鸭蛋，一枚在半路上掉落碎了一地，一枚送给喜娃带回家吃了，一枚我自己煮吃了。第二天我去河滩，见到一只鸭子呱呱叫，反复问我：蛋在哪儿，蛋在哪儿，蛋在哪儿？第二天见我，又问：蛋在哪儿？蛋在哪儿？护林的老汉说：公鸭前些天被大水冲走了。这鸭子成了寡妇，没儿女，也可怜。第三天我又来到河滩，只听到微弱的声音，只问了我一声：蛋、在、哪儿？再无下文。我遍寻河滩，却不见鸭。第二年，河滩不见有鸭；第三年，仍不见鸭；多少年，河里再无鸭，也许永无鸭。这条昔年的鸭儿河，遂被改名为：无鸭河。

我曾经救助过一只蜜蜂，它迷路了，随了一阵风降落在我家阳台窗子上，我发现它已折断了一多半的翅膀，一路跌跌撞撞，见到我时它已是残疾蜂儿，它不停颤动着，弹奏着古老的曲调，它一定是在忆想它刚刚认识的花儿，牵挂那忙碌的蜂房，怀念它孤独的女王。我急忙想办法帮助它，我盛了半杯清水，它不喝，人类的施舍无法缓解它内心的饥渴；我又在一片树叶上放一些蜂蜜递给它，它不吃，看来，若不是自己酿的蜜，再甜的蜜它都认定那是窃来的甜蜜毒药。人类虽放养蜜蜂数千年了，但蜜蜂至今没有见过人类，不知道人类为何物，长什么样子，它不知道人类的生活方式，它也绝不欣赏更不会效法他们的生活方式，比如：他们偷窃的恶习，他们多吃多占的嗜好，他们投机钻营的伎俩，他们苟且偷生的生活艺术。它小小的心里，只热爱花朵，只热爱酿蜜，只忠于自己孤独的女王，除此之外，它没有任何别的杂念，哪怕死去，也要留下干净的尸体。我终于未能帮助它，最后它死了，死于对它再也见不到的女王的思念……

我无比喜欢泉水的清澈，想着如果再不用漆黑的墨水写诗，而是用泉水写诗，该会写出怎样透明的诗句？这世上黑色幽默、灰色忧郁、褐色滑稽、黄色怪诞、红色血腥、紫色恐怖、粉色谎言太多太多了，何须再用黑色或别的什么色去写本该干干净净、清清白白的诗？所以我想用清澈的泉水写心灵的诗句。有一次我真的就把笔带进梦里，吸入了足够泉水，从古代开始我就一直不停地写啊写啊，我要把大地写成一首长诗。我梦见整整一个晚上我都在写诗，在大地上、大街上写满透明的诗句，我还把许多诗句写在了汽车上、火车上、摩托车上、运钞车上、急救车上、战车上、坦克上、推土机上、粉碎机上、碾压车上、油罐车上、运载牛羊的大卡车上，还把一些诗句写在垃圾车上。后来，我从长长的诗里抬起头，一看，发现一辆辆车都把我写的诗拉走了，大部分诗句都掉落在路上被碾得粉碎，碎成了一粒粒孤单的字，碎成了东倒西歪的不知所云的偏旁部首。那几辆运送垃圾的大卡车，载着车上的诗句狂奔，最后把我的诗，全部卸载到垃圾堆里……

星　夜

满手的粮食，
满身的星光，
满心的感激。

一

母亲在院场里剥玉米，大粒大粒的玉米，大粒大粒的星光，从手指上掉落下来，堆积在身旁。她一时分不清，哪是玉米，哪是星光；也分不清天上地上究竟有什么两样，也许不一样在于：天上只有星光，没有玉米，而地上，有星光，也有玉米，更有坐在星光和玉米里的孩子们。这样说来，天上说到底还是比地上少了些东西，天堂的原址不应该在天上，应该是在地上。我的母亲并不需要太多，此时，她要的好东西都在地上：满手的粮食，满身的星光，满心的感激。

二

父亲此时仍在锄地，他借着天狼星投下的一缕亮光，在一窝豆苗根部多培了一锄土，然后，他走上田埂，扛着锄头，望了一眼天色，他的脸色和天色一样晴和，父亲断定，明天天气不错，今年收成不差。

李三叔蹲在门前，在磨刀石上连磨了两把镰刀，现在，他站起来，把镰刀举起，对准最亮的那颗星星，用食指轻轻试了试刃口，自言自语地说，好家伙，真爽快。他笑了。星夜磨刀，一个名不见经传的农夫，他认真打磨着古老的农业，也磨出了自家的好心情。

三

桂芳表姐在村头古井挑水，当她把水桶放下去，水面上星星的棋局一下子给搅乱了，那是老天在水里下棋呢。桂芳表姐感到对不起老天，对不起那么好的棋局。她把水桶提上来，在井台上静静站了好一会儿，再看，水面上星星的棋局又重新摆好了，老天又坐在清凉里开始下棋了。桂芳表姐的心里，忽然掠过一丝好像叫作伤感的感觉：多少代的人，都吃这井里的水，都看着这盘棋，一茬茬人走远了，一盘棋还没下完。

四

大伯翻开唐诗，重读《春江花月夜》，读到“人生代代无穷已，江月年年只相似。不知江月待何人，但见长江送流水”。他抬起头，看窗外，月亮就在屋檐不远处路过，月光从窗格洒进来，白白的，像手帕，像信封，谁寄来的？大伯一时恍然。一千多年了，保存在诗里的月光，眼前这月光，都没有减少，也没有变暗，后来的人们上路吧，有这么好的月光，这么好的诗，路上不会太黑的。

五

不等鸡叫二遍，自明叔叔就起床，早早上路了，他要到三十里之外去赶集，要把那两大筐蔬菜卖了，再买回一些日用物品。他挑着水灵灵的蔬菜，一闪一闪地走在田间小路，这时，脚下一滑，左脚鞋带缠在路旁的豆苗上，鞋带松了，鞋里也钻进几粒小石子，硌得脚生疼。自明叔叔停下来，放下菜筐，弯腰脱了鞋子，抖了抖，就着启明星投来的光亮，仔细系紧鞋带，然后，挑起菜筐，一闪一闪地继续赶路，远远地看，天空，也随着他的身影，一闪一闪地亮起来。

水中月

娃娃，过些年长大了，
你也要勤快挑水哦，
多挑回些月光，日子就过得亮堂。

一

乡村的月亮，一位心地清净、平和爽快的好朋友，只需要一点清水的示意，几颗露珠的邀请，月亮，就立即高高兴兴从天上走下来，与你左右相随，通宵夜话，细说田头庄稼、墙头冷暖、心头忧乐。为此，乡村几千年来，都准备了足够多的水，水田、水渠、水塘、水池、水湾、水潭、水井、水桶、水缸、水瓢……数不清的水里，居住着数不清的月亮。

二

我粗略估计，在我的故乡，在清水荡漾的夜晚，每个乡亲，至少平均拥有三十多个月亮。你看，就是我们家厨房靠窗的水缸里，屋后那个荷田里，门前那条小溪里，父亲放在菜园边的那个水桶里，就款待着好多个月亮。

三

父亲有时哄我，他对我这个还没上小学的好奇傻小孩说：你爹我最喜欢在有月亮的夜晚挑水，挑回来多少水，就挑回多少月光，娃娃你看，天上的月亮对咱真好，水缸快满了，月亮还要走进窗子，在缸里再添加一些月光，他生怕咱家的月光不够用。娃娃，过些年长大了，你也要勤快挑水哦，多挑回些月光，日子就过得亮堂。

四

乡村的月亮，虽然也有愁苦憔悴的时候，但被遍地的清水夜夜邀请、挽留和保养，总是白白净净、雍容端庄的时候居多。有时，像村里那些发育很好的刚过门的媳妇，我们村的月亮，还显得有点胖。有一次，我妈望着白白胖胖的月亮猜测许久，说，那月亮神，怕是有身孕了吧？

五

那一年，我妈进城来我家帮忙带我们出生不久的孩子。她住了三个多月，尽心尽力，孩子对她比我们还亲。我妈的心情基本是愉快的。但我也感到她似乎有些郁闷，她有什么难言之隐呢？是否我们待她老人家不周到呢？

我试探着问我妈。我妈说：说有啥吧，其实也没啥，有也不能怪你们。

我赶紧问：是啥呢？妈你说说，我们尽量解决。

我妈说：两个多月了，我抬头低头也没看到一个像样的月亮。你知道，你妈看不懂书，也不爱看电视，也不会钻进那个啥子互联网里去找不认识的人搭讪。妈这辈子就喜欢听听鸟叫，望望山色，看看月亮。可是呢，在这里两个多月了，咋也看不见老家那个月亮了。抬头看吧，灰蒙蒙的，月亮的气色看起来很不好，病恹恹的。低头看吧，也没有一个地方能找到月亮，这么大的一个城，连个收养月亮的清水塘都没有。哪像在村里，房前屋后、田间地畔全是眉清目秀的月亮，你爹挑一担井水回来，也挑回两个水灵灵的月亮。

妈说的，真还是个问题。城市似乎已经习惯了没有清水、没有月亮的生活，进了城的月亮，也因为没有清水收养和滋润，已经变得面目憔悴，病病恹恹。虽然这事不能怪我们，但是，妈既然说出来了，我们也得想点办法，对妈有个交代。

当天，我想了一个笨办法，黄昏，我提前在阳台上放一个盛满自来水的大脸盆，月亮路过的时候，我把妈叫到阳台上，妈，你看，老家的月亮来看你了。我妈低头看了许久，说，看见了，像是老家那个月亮，比我在家时瘦了，气色也不太好，不过好歹总算看到了它在水里的模样。只是，这点水浅了些，怕留不住人家。

我妈说的也是，真的，月亮在脸盆里逗留了一会儿，就转身走了。这点水，是养不住月亮的。

但是，我妈每晚都在阳台上站一会儿，在一盆清水里，看看从老家赶来的月亮。

对我来说，也算是对我妈尽了点心意：用一点清水，款待从故乡赶来的月亮，为她老人家寂寞的心里，增添一些慰藉和清亮。

六

还记得小时候，大约三岁多吧，第一次看见水里的月亮，是在村头的井台上。我缠着我爹要看他到井里挑水。到了井边，爹停下水桶，拉着我站到井台边上，让我看井里有啥好东西。我低下头，一看，一个圆圆的大月亮，卧在水里，仰着头定定地看着我，好像焦急地等待我把它从井里捞上来。我很吃惊，也很同情月亮，说，爹，月亮爷爷掉井里了，快把它捞上来。爹说，是吧，你看，月亮爷爷不小心就掉水里了，你个碎娃娃，在水边可要小心呦。爹同情地望着月亮，表情也有点吃惊的样子，说，娃娃，爹知道月亮会掉进水里，天上的月亮爷爷不熟悉地上的情况，就时不时掉下来了。爹每夜到井里挑水，就是为了打捞月亮爷爷哩。娃，以后走路，特别是夜里走路，你可要小心呦。

后来才明白，父亲当时吃惊的样子，完全是装的，他不愿打破一个小娃第一次看见水中月亮的那份惊奇，他还想以月亮不小心掉进水里的不幸事件来教导我要小心走路。

如今，那口古井还在故乡村头，水依然很旺，很清澈。每一次回老家，我都要在井台上站一会儿，低头，弯腰，静静地望向时间深处，就看见，童年的那个月亮，被父亲反复打捞的那个月亮，仍在等待谁的打捞……

归巢感念

我的母亲，低头与露珠交换眼神，
抬头与星辰交换眼神，
俯仰之间，她都在吐纳天地精神。

一

雨后，远山那么嫩，那么蓝，你不忍心多看，怕被看化了；你又忍不住多看，远山那么嫩，那么蓝，你怕它真的化了。你怕以后再看不见这么嫩、这么蓝的山。

二

其实，永恒并不遥远，永恒就是对岸青山，我种庄稼的乡亲们，也并非没有永恒意识。在田间地畔，他们手握锄头，或脚踩犁耙，侍弄四季庄稼，砸下万颗汗珠，累了，就一手捶捶腰背，一手搭起凉棚，静静地看看远山，是休息，也生起片刻哲人之思。这时，他们看见了，那重重叠叠的青山，恍若世世代代的祖先，静静站着注视他们，这一站就是多少万年！而在青山之上，更有那盘古的苍穹，将无边汹涌的蔚蓝，向此时此刻的人世，向他们，不停地倾泻、浇灌（远远看去，他们的身影已被染成了淡蓝色，上苍正在静观这幅画）。于是他们隐隐感到，他们，以及他们此刻的劳作，正被那叫作“万古”的永恒，悄悄收藏或默默遗忘……

我忘不了我那不识字的父亲，有一次，秋收后，他靠在新垒起的稻草垛旁，定定地望远山，他望得出神，他一脸沧桑和迷惑，他的魂灵好像已随时间出走好远。他突然对我这个中学生说：娃，我觉得，人，好小啊，在山的眼里，怕只是一点草絮絮飘过吧，你们书上是咋说人呢？

三

我在故乡老屋前，推开门就看见，一列列穿戴整齐、青衣飘飘的高个子青山，从远处朝我快步走来。这是我那远去的祖先，想起了还没顾得向我交代的一件重要事情，就突然折回身，要亲口对我交代。当他们远远看见我，却一时忘记该对我说些什么，就愣怔在那里了。我也愣怔着，凝视着愣怔的祖先。

整整一个下午，面对青山，我都在想：他们，我的祖先们若是开口说话，会对我说些什么？

四

沿着田埂走来，车前草一路小跑着，捧着露珠和微苦的清香，来到我家院子，眼看就要爬上堂屋台阶——正在院子里缝衣的我妈，一眼就认出来了：这殷勤上门来探望她的，还是她小时候结识的车前草，还是那么嫩、那么清秀，而她，已经很老了。

五

在院子正中，光线最集中的地方，我妈端坐着，为我们做鞋、做枕头、缝补衣裳。此时，宇宙那明亮仁慈的光线，从光年之外赶来，空投在一个小小的院子，灌注进一个小小的针眼。每一个针脚里，都注满村庄正午的深蓝。我终于明白：我们贴身的衣服里，织进去的不只是母亲密集的眼神，还有来自光年之外上苍的眼神。

六

我不必用光年之类的貌似深奥的科技知识为难和迷惑我的母亲。其实，母亲交织着期待和忧郁的目光，一次次投向屋顶之上祖先的苍穹，正以她所不理解的光速，穿越尘世飞抵遥远的星河。我的母亲没有什么值得示人的学问，而破译她深沉忧郁的目光，却成为另一个星球的科学家、哲学家、文学家和心理学家的高深学问。

七

母亲八十多岁的眼神，还保持着少女的清澈和纯真。我想了解其中的缘由。那年，我在回老家养病期间，用整整一个月的时间，读母亲念诵一生的《心经》。同时，每天都在故乡的原野走来走去，在清晨，在黄昏，在百万千万颗露珠的照拂里，在百万千万片绿叶的叮咛里，我的心里，我的眼睛里，哪怕藏匿得很深很隐蔽的细小杂物和灰尘，都逐渐被一一洗净；我身体里的病，也渐渐离我远去。我身如菩提树，心如明镜台，无尘无垢，无嗔无痴，甚至有一点“吐气若兰”的意思了，连梦都是清洁的。有一次竟在梦里看见莲花的花瓣上，放着李清照的一句诗。我体会到，一个人若保持身体的洁净、心灵的洁净、眼睛的洁净，保持每一个意识和念想的仁慈和洁净，那么，他将会从生命里领受到怎样单纯而又无比丰富的情意？

我在故乡怀里、在母亲身边养病，病，大约不好意思待在我变得干净、空明的身体里，我的身体里，没有了毒素，也即没有了病魔赖以存活的养料，继续待在这里，病魔会感到无趣和饥饿，病魔会被饿死。病，知趣地走了，我却养好了心（后来离开母亲，回城，那病也追进城，又找到了我），我也借此对乡村母亲的心灵成长做了一次“田野考察”。

那么，母亲何以有那样洁净无尘的心，何以有那样洁净无尘的眼神？我想，清晨或黄昏，原野上那无数颗透明露珠，已经给出了一部分答案。我的母亲，她是用一生的时间，念念在兹于心灵的纯洁和修行；她是用一生的田野劳作和行走，与无数颗露珠——与无数颗清澈的天地之眼，交换着眼神。就这样，上苍把最好的露珠，交给母亲保管，露珠渐渐化成了她的瞳仁。这就是我母亲眼神的来历。

八

一个人若很少在露珠（包括具有露珠之透明品质的事物）面前停留，惊讶、感动于那无邪的纯真，并将自己被尘世染脏的身体和心灵拿出来，接受其消毒、清洗和照拂，那么，他的内心和眼神，就少了某种天赐的清澈。一个人若很少将目光投向苍穹的星辰，却总是锁定于欲望的池塘和利益的店铺，那么，他的心域必窄狭，眼神定然就少了某种悠远和深沉。

我的母亲，低头与露珠交换眼神，抬头与星辰交换眼神，俯仰之间，她都在吐纳天地精神。她识字不多却有天趣，因为她心存天真；她阅历不多却胸襟宽阔，因为她到过天庭。原野和天穹，是我母亲的心灵老师。

九

车前草的手里，狗尾巴草的手里，苦菜花的手里，荠荠菜的手里，紫苜蓿的手里，麦苗儿的手里，芹菜的手里，野薄荷的手里，土豆苗的手里，豌豆苗的手里，葫芦蔓的手里，灯芯草的手里，紫云英的手里，蒲公英的手里……都捧着欢喜的露珠，簇拥着，迎候早起的母亲；远远近近的鸟儿，也以清露润过的嗓音，开始了早晨的献诗。走在田野的鸟声里，穿行在露珠的光芒里，母亲竟不好意思起来，觉得自己一个小小妇人，天地百物却如此看重她，对她施以如此隆重和神圣的礼数，如同庆祝女王登基（其实，大大超过了女王登基仪式。因为，从古至今，上苍未曾给任何一个衣来伸手饭来张口不事稼穑高高在上的女王配送过一颗露珠，那与天地隔绝的森严庙堂和华贵宫殿里，未曾降临过一位天使，连麻雀的影子都从未出现）。

母亲被天地厚爱得不好意思了，惭愧自己竟空着两手，无以面对天地的慷慨和百物的盛情。母亲这样想的时候，她谦卑的心里，就笼罩了对土地的尊敬和对劳作的虔诚。今天早晨，每一粒种子、每一苗稼禾，都将收到母亲的一份疼爱，她那仁慈的手温和呼吸，会改变庄稼的心情和土地的墒情。

我的母亲一生喜欢劳动，她认为，她在地上的劳作，不只种植庄稼伺候日子，也表达着对天地百物的感念。

十

竖的树枝，横的竹条，父亲以简练的方式编辑了古朴的篱笆。很快，从诗经里及时赶来了喇叭花藤，缠绕了农历四月的篱笆。今天下午，我从城里回到老家，一走进院子，就看见，白的、蓝的、紫的、粉红的喇叭花，正兴高采烈地吹奏着菜园的晴空，吹奏着乡村的意境。父亲的篱笆，简单、安详、朴素、生动，在今天下午带我回到古代。

父亲的露珠

美好和透明，
是速朽的尘世唯一可以传承的永恒之物。

一

每个夜晚，广阔的乡村和农业的原野，都变成了银光闪闪的作坊，叮叮当当，到处都在忙着制造一种透明的产品——露珠。按照各取所需的原则，分配给所有的人家和所有的植物。高大的树冠、细弱的草叶、谦卑的苔藓、羞怯的嫩芽，都领到了属于自己恰到好处的那一份。那总是令人怜惜的苦菜花瘦小的手上，也戴着华美的戒指；那像无人认养的狗一样总是被人调侃的狗尾巴草的脖颈上，也挂着崭新的项链。

数千年来，“均贫富”这个农业社会的朴素理想，从来就没有真正实现过。倒是在大自然的主持下，“均美丑”的美学理想却实现了。至少，在夜晚，在清晨，草根阶级的家门前，劳动者的原野上，到处都是美好清洁的露珠，叮当作响，闪闪发光。即使我家那座朴素的老屋前，夜晚的露珠，清晨的钻石，也不知比那“朱门酒肉臭”的官邸豪宅要强了多少倍啊。

二

看看这露珠闪闪的原野之美，令人感到天道的公正和公平。你只要露天站着或坐着，你只要与天在一起——天，即使是夜晚的天，它摸黑也要把礼物准时送到你的手中，或挂在你家门前的丝瓜藤上。这是天赐之美，天赐之礼，天赐之福。总之，天赐之物，多半都是公正的。天不会因为秦始皇是皇帝，腰里别着一把宝剑，就给他的私家花园多发放几滴露珠，或专门特供给他一条彩虹。相反，秦始皇以及过眼烟云般的衮衮王侯、将相、富豪、贵族，他们虽占尽了人间风光和便宜，但他们一生丢失的露珠太多太多了，比起平民草根，比起我那种庄稼的父亲，这些霸占了太多金银财宝、总是躲在王宫豪宅里坐享荣华富贵的家伙，却丢失了自然界最珍贵的钻石，上苍赐予的高洁礼物——露珠，他们几乎全丢失了，一颗也没有得到。这礼物却被我的父亲全部拾起来，小心地保存在原野，收藏在心底。他那忠厚的眼睛里，也珍藏了两粒露珠——做了他深情的瞳仁。

比起那些巧取豪夺、不劳而获，双脚很少接触土地，双手从来没有接触过露珠，也没有用这清露之水洗过手，洗过心的那些贪婪的强盗和富豪，我清贫的父亲，一生里拥有着无穷的露珠。若以露珠的占有量来衡量人的富有程度，我那种庄稼的父亲，可谓当之无愧的天下首富，而那些被人艳羡的多吃多占、穷奢极欲的权贵富豪，则是一贫如洗的乞丐。

三

物换星移，被强人和恶人霸占的金银财宝，又被别的恶人和强人抢去了。

而我的父亲把他生前保存的露珠，完好地交给了土地，土地又把它们完好地传给了我们。我今天早晨在老家门前菜地里，看到的这满眼露珠，就是父亲传给我的。

美好和透明是可以传承的，美好和透明，是速朽的尘世唯一可以传承的永恒之物。如果不信，就在今天早晨，请看看你家屋里或门前，你能找到的，定然不是什么祖传的黄金白银、宝鼎桂冠，它们早已随时光流逝而不知去向，唯一举目可见、掬起可饮的，是草木手指上举着的、花朵的掌心捧着的，那清洁的露珠，那是祖传的珍珠钻石。

四

这是农历六月的一天，早晨，天蒙蒙亮，我父亲开了门，先咳嗽几声，与守门的黑狗打个招呼，吩咐刚打过鸣的公鸡不要偷吃门前菜园的菜苗，而菜园里的青菜们，远远近近都向父亲投来诚恳、天真的眼神，看见父亲早早起来第一件事就是关心它们，它们对父亲一致表示感谢和尊敬。有几棵青笋竟踮起脚向父亲表示它们昨夜又长了一头。父亲点点头夸奖了它们。

然后，父亲扛着那把月牙锄，哼一段小调，沿小溪走了十几步，一转身，就来到了那片荷田面前，荷田的旁边是大片大片的稻田，无边的稻田。父亲很欢喜，但他却眯起了眼睛，又睁大了眼睛，然后又眯了几下眼睛。过了一会儿，他的眼光才平静下来。父亲自言自语了一句：嘿，与往天一样，与往年一样，还是它们，守在这里，陪着庄稼，陪着我嘛。

父亲显然是被什么猛地触动了。他看见什么了？

其实也没什么稀奇的。父亲看见的，是闪闪发光的露珠，是百万千万颗露珠，他被上苍降下的无数珍珠，被清晨的无量钻石团团围困了，他被这在人间看到的天国景象给照晕了。荷叶上滚动的露珠，稻苗上簇拥的露珠，野花野草上刺绣的露珠，虫儿们那简陋地下室的门口，也挂着几盏露珠做的豪华灯笼。父亲若是看仔细一些，他会发现那棵车前草手里，却捧着六颗半露珠，那第七颗正在制作中，还差三秒钟完工；而荷叶下静静蹲着的那只青蛙的背上，驮着三颗露珠，他一动不动，仿佛要把这宝石，偷运给一个秘密国度。

父亲当然顾不得看这些细节。他的身边、他的眼里、他的心里，是无穷的露珠叮当作响，是无数的露珠与他交换着眼神。

我清贫的父亲也有无限富足的时刻。此时，全世界没有一个国王和富豪，清早起来，一睁开眼睛就看见这么多的露珠。

五

钢筋和水泥浇铸着现代人的生活，也浇铸着大地，甚至浇铸着人心。城市铺张到哪里，钢筋和水泥的专制统治就推行到哪里。除了宪兵一样规整划一的行道树，礼仪小姐一样矫揉造作的公园花木，生日点心一样被量身定做的街道草坪——这些大自然的标本，草木世界的散兵游勇，还零星地为城市“勾兑”极有限的几滴露水，现代的城市，其实已经没有了分泌的能力，它连分泌几滴露珠的能力都丧失了。没有乳腺和泪腺，没有期待和感动，只有坚硬的实用理性而不再有柔软的心肠——这样的城市，正是现代商业社会、商业文化和商业人格的隐喻和写照。随着露水、鸟语、苔藓、生灵、原生态草木、土地墒情氤氲的雾岚地气的丧失，人心里的柔软情怀和文化中的诗意灵魂也随之丧失了。

城市还剩下几句鸟语？平均多少人能分到一个天籁单词？

城市还剩下几声鸡叫？平均多少人能分到千分之一声大自然的原唱？

城市还剩下几撮泥土？平均多少人能分到一克原生态记忆？

城市还剩下几片白云？平均多少人能分到一封初恋的传真？

城市还剩下几颗星星？平均多少人能分到一粒童年的钻石？

城市还剩下几首诗歌？平均多少人能分到一行没有被污染的文字？

…………

最后，我要问：

城市还剩下几串露珠？平均多少人能分到一份心灵的晶莹？

粗略估计，怕是分不到什么了。

如同这个世界真心、真情和真理的日益短缺和匮乏，露珠，这种透明、纯真，体现初心和本然、体现早晨和初恋的清洁事物，也难得一见了。

就在明天，我要回一趟故乡，那里的夜晚和早晨，那里的山水草木间，那里的人心里，那里残剩的乡风民俗里，也许还保存着古时候的露珠和童年的露珠，还保存着父亲传下来的露珠。

祖辈的信仰

他们会体悟到一种苍茫无边的心境，
而对永恒星空下只能相遇一次的人、生灵和事物，
油然而生出一种慈悲、怜惜的感情。

一

传统的乡村，不只是一个耕作、收割、生存的地方，依我看，乡村也是一个自然的课堂，心灵的教堂，是乡亲们安身立命和修身养性的生命“道场”。

从纯粹信仰的眼光看，乡村也许信仰气息不浓甚至好像没有什么信仰，但是，换一个角度，你就会感到，缭绕乡村的大自然气息和民俗风情气息，其实散发着不同于任何信仰的另一种信仰气息。这种天然的信仰，比起那些刻板的、说教式的、庙堂里的、仪式上的信仰，更为鲜活、生动和感性，因而也更能感染和塑造人的心性。

这种由大地风景、自然天象、乡土意趣、乡村伦理等构成的乡村精神价值，长久笼罩着乡村，并长久塑造了乡村心灵。我把这称为乡村的“自然信仰”。

二

几千年来，正是那种弥漫着大自然和生命气息的自然信仰，熏陶和化育了乡村情感和乡村心灵，广而言之，广袤而悠久的农业中国的情感和心灵，就是这样年深月久氤氲化育而成的——

流水的叮咛。绕村而过的清澈河水，以及林间地畔流过的潺潺溪水，日夜诉说着土地和岁月的叮咛，乡亲们会听出那是关于做人、关于情感的教诲，从而潜移默化养成内在的情操。以我父母为例，他们一生行走、劳作于河边溪畔，时时以清水洗手、洗脸、洗菜、洗衣，洗尘，洗心。“清净”二字，就是他们一生为人处世的格言，他们不只自己心地清净，也以此教导我们做人要心地干净，于己无妄而心存谦卑，于人不争而心存善意。他们的心里也流淌着一条清水河，我想，他们是听懂了并笃信着流水的教诲。

古井的幽思。老家村头那眼古井，不只我这个读了点书的这样认为，就是那些识字不多甚至不识字的乡亲也都早早这样认为：这井水，不只养人身体，也养人心魂。唐朝的（或许是宋朝的）这一脉清流，从古代一直荡漾至今，看一眼，就令人思接千载；喝一口，更让人身心幽深。与古人喝着同一井水，打捞着同一个月亮，乡亲们或多或少都保持着古朴仁厚的心性，你从他们的眼神就可以看出来。那善良清亮的眼神后面，都藏着一口好井。

青山的暗示。乡亲们也许并不会说“永恒”这个很神秘的词儿，但这并不意味着他们没有永恒意识，相反，我觉得我的乡亲们比那些掉书袋的所谓有学问的人更有永恒意识，更有一种悠远无尽的天地情怀。这是因为，他们在露天课堂里，以天地为师，接受着天地对他们面对面的启示；他们以万物为镜，他们时刻都在目击和感知着朴素的真理。你看，远处那层层叠叠的青山，就是不朽的祖先和崇高的圣人，从古至今开着一门叫作“人与永恒”的功课，在向乡亲们讲解着古老和永恒，讲解着天地有大美而不言、天地有大德而不语的深意，讲解着人应该怎样以自己短暂的一生接续着永恒，并为祖先之托尽责、为儿孙之福操心、为天地之道服役，这其实是人的宿命，也是人的光荣；“留得青山在，不怕没柴烧”，是乡亲们劝勉自己和宽慰别人的口头禅，在他们心里，青山不只是放牛、采青、取柴的物质之山，更是见过一切世面，走过万古长旅的祖先的化身和智者的替身，青山有足够的阅历和智慧，点拨山下的众生；“青山依旧在，几度夕阳红”是乡村最普及的古代诗句，万古青山阅尽人世沧桑，一片碎石道破古今谜底。所以，若遇死生之事或家国之变，望一眼远山，心里似乎就有了压舱石，有了应对的气度和承受的定力。在过去，我的乡亲们很多不识字或识字不多，却不乏类似于民间智者那样的高人，即使不是高人，大多也都豁达沉稳，有大人情怀和君子气象，何以故？望望远处的古老青山，你就知道根源。

星空的笼罩。一到夜晚，密集的星星站满了天空，站满了祖先也曾无数次仰望过的无边苍穹。头顶，全是公元前的星星，比起孔夫子那夜看见的，一粒也没有丢失，而人世，已流逝了千年万载的时光，这样的情景总能唤起“天上一瞬，人世千年”的巨大震惊和提醒。过去，乡村的孩子爱玩数星星的游戏，这纯真的数学，使他们有了一份与永恒和无限有关的心灵储存，这就是为什么乡村出生的人，或有过乡村经历的人，比起生活在城市的人，常常保持着更多的美感和诗意情怀：星空的震撼和洗礼，使他们有了从天上看人世的胸臆和目光，那数星星的美好数学，使他们有了一笔数不清也花不完的天文数字——一笔笼罩和超越功利世界的纯审美的心灵数学，就变成了笼罩和照耀一生的生命美学和宇宙诗学——那些与密集的星星交换过眼神的乡村孩子，他们的眼睛和心灵就多了一种悠远、清澈和深沉。这是我的经历和体会，我相信这也是无数诗意心灵得以养成的源泉之一。

静夜里，乡村的每一个朴素屋顶，都均匀地堆积着上苍馈赠的无数钻石，每家、每人都能分到至少几百万颗，且永不风化也不会丢失，即使清贫之家的房子，也换上了天国的屋顶；每一块水田和溪塘，都游着远道而来的神秘星子，仿佛潜入人间的密使，正在打探生命的底细，供宇宙的有关机构研究解密。而星光漫溢、无声奔腾的银河，从每一个农家小院漫流过去，更把人带入一种不可言说的永恒浩瀚秘境。

在这样的星空下面，我的乡亲们实际上是在接受“宇宙宗教”的洗礼，他们会体悟到一种苍茫无边的心境，而对永恒星空下只能相遇一次的人、生灵和事物，油然而生一种慈悲、怜惜的感情。我想，一个人、一群人的善良心肠，就是这样来的，肯定与星空的笼罩和暗示有关。

如今，城里的人们很少能看到星空，数星星的美好数学已成绝学，而算计、势利、锱铢必较则成了通用数学。我们的屋顶，除了雾霾和越积越厚的灰尘，已经没有几双天上的眼睛来看望我们了。我们忙于数钱的手里，数到最后，却发现，我们攥满数字的手里，竟出现了巨大亏空：那些曾经照亮我们生命的最纯真的星星，我们已丢失殆尽。

三

笼罩于那种鲜活、生动、真切的自然信仰氛围里，它所唤醒的宇宙意识、永恒意识、无限意识和慈悲意识，我以为甚至比那些以人格化神灵为偶像的宗教，更能把人带入与万物同在、与万古同游的永恒意境。

是的，置身广袤乡村，就是置身一个无边的露天教堂，乡亲们世世代代接受着天与人、古与今、物与我之关系的启示和提醒，接受着天地精神的濡染和熏陶，心性就变得平和宽广，厚道率真，重情重义，不偏执，不窄狭，对生老病死、祸福荣辱，均能想得开，看得透，放得下。他们一生露天生活和劳作，心智也许疏于被典籍文化唤醒和塑造，因而少了些理性和逻辑，但也因此避免了过量文化符号和概念逻辑对心性的覆盖、遮蔽与阻隔，而得以葆有一份古老的心性和原始的直觉，这就使得他们离自然之道最近，离天意和天命最近，离生命的本质和真相也就最近。

所以，在传统的乡村，人们不需要别的宗教，就能达到宗教未必能引领人到达的境界。这是因为，乡村本身就是一个天然的教堂，乡亲们有着自己的自然信仰。这种自然信仰，对人们进行着直观的心灵启示、道德熏陶和精神化育，再加上宗族伦理、民间宗教和乡风民俗的濡染教化，就形成了完整的乡村心灵和乡村伦理。

我认为，过去生活在乡村的传统农民，大部分都有着朴素的信仰，即“自然信仰”，他们未必虔信什么明确的神灵和偶像，但他们敬畏天地，感激自然，膜拜泥土，怜惜生灵。天地、自然、泥土、生灵、草木、庄稼，这些原生态的事物，在他们眼里和心中，都有着神灵一样的崇高地位和不可思议的神圣品格。他们一生的劳作和生活，都是围绕着这一切充满神性的事物而展开的。因此，他们的情感和心性，就天然地具有了某种朴素的神性，他们的内心，也充盈着对自然万物的尊敬感激和对乡土情义的敬重和依恋。

四

我也由此想到，随着城市化的急剧推进，亿万父老乡亲将不得不离开他们世代生活的乡村故土，离开他们熟悉和依恋的地理环境和文化环境，这不只是生存意义上的背井离乡，也是心灵和情感的背井离乡。在告别土地的同时，也失去了滋养他们内心和情感世界的乡土风景、乡土意象、乡土记忆、乡土知识、乡土技艺、乡土风情、乡土伦理——失去了由这一切构成的自然信仰、情感寄托和心灵家园。他们的生存背景、心灵归属将被连根拔起，有一种整个生活和生命都被翻了个底朝天的空虚感、失落感、迷茫感，他们不得不在陌生城市环境里，强烈感受到水土不服、无根无依的异乡感，心灵难免会出现前所未有的空虚、彷徨、惶恐和漂浮状态。由此，他们在重建物质生存的同时，还必须重建自己的信仰生活、伦理生活和心灵生活，重建有别于自然信仰的另一种精神信仰，从而使生命得以安顿，心灵得以安顿。

千古岁月

这一躺，
就注定要永远躺下去。

一

每年清明前后，我都要回故乡李家营为父母扫墓，父母的墓地在大地湾山坡上，北靠秦岭，南面巴山，气象盛大，风水先生说此地有王者气象。我的父母乡亲都是朴实的农人，终生勤苦的乡野草民，人不在了，却安息于有王者气象的山野，成了沉默无言的王者，得享万古浩大气象，也算冥福不薄。

每一次祭扫了父母墓地之后，我都要看看周围已故乡亲的坟墓，多数是旧墓，也有新坟，我逐个细读其碑文，回忆他们生前的言行和容颜，并一一鞠躬，默立缅怀。

与我的父母一样，他们都是好人、善良人和厚道人，也都是一生勤快的庄稼人，多数都是劳苦一生，也清贫了一生。清贫是他们的命运，也是他们的美德。

如今，他们躺在一起，挨成一排一排，就像活着时在一起聊天、抽旱烟、拉家常、做针线活、锄地插秧、请客坐席、吃年饭；卢明忠叔叔脚抵着兰自发叔叔，是要让他帮你揉揉脚底涌泉穴，疏通疲倦淤塞的筋络吗？我父亲的坟头紧挨着木匠李三爹的坟头，是要把生前没来得及说完的一段心事交代清楚吗？孙逊之叔叔背靠着李洪玉叔叔，是要再互相捶一捶脊背，捶一捶劳累过度的酸困的腰身？蚂蚁们在你们之间穿梭往返着，是在传递你们地底的行踪、来世的消息？传递着你们永世的牵挂和想念？

我默立他们坟前，总是眼睛潮湿，心里想着他们的好，想着他们一生的劳苦和艰辛。现在，他们都躺在这里，躺在他们生前无数次刨挖过、耕作过，也时常坐在上面歇息过的坡地上，这一躺，就注定要永远躺下去。我看着那墓碑，几乎都刻着“千古”字样，那就是要躺成千古，躺成天长地久。

二

李三爹是我的堂叔，一辈子勤劳如牛，他不识字，我高中毕业回乡后，当过一段代课老师，李三爹逢人就说，荣儿有学问，理论高，其实一个中学生有什么学问和理论？但朴实的乡亲对略有文化的人，没有丝毫的嫉妒心，只有真诚的看重，心里也存有一份对文化的渴慕。李三爹在土里躺了快四十年了，他对我的夸奖“有学问、理论高”一直回响在我的耳畔。这六个字，经由他那浑厚、带着低沉鼻音的嗓子说出，就有了泥土的气息和分量，使我不敢懈怠，你得真有一点点学问，真有一点点理论，才配得上三爹的夸奖和期许，那可是泥土和草木的期许啊。帝王将相说了什么一点都不重要，也没有一个帝王将相会亲口对你说一句什么好话。但是，这六个字，可是李三爹亲口对你一人说的，对一个小名叫荣儿的人说的。三爹，我依然没什么学问，没什么理论，但是，我知道，世上最大的学问是对美德的尊敬，世上最高的理论是对时光的敬仰。这点学问和理论，我是略略有一点的。三爹，我向您鞠躬，您安息吧。

三

慧兰大婶比我母亲小两岁，聪慧，能干，心肠好，口才好，言语有分寸，即使说批评人的话，也是温言软语，话语里含着体恤和劝诫，却从不伤人。一些貌似文化人惯用的恶言秽语和人身攻击，在慧兰婶的词典里是找不到的，慧兰婶的词典是草木山河五谷庄稼，里面收藏着养人的话语，宽心的比喻，却少有和没有扎心的毒刺。我妈常说：“人家慧兰怎么就那样聪慧呢？说出来的话就像露水珠珠落在草叶叶上呢，又醒人又养人。”有一次，我妈一人到河边想寻短见，被众姐妹劝回来了，慧兰婶俯在我妈身边说了很多的话，说了什么我不知道，但是我妈一边流泪一边点头，她是把我妈窄逼、苦闷的心说宽了，说亮了，我铭记着慧兰婶的好。慧兰婶，我向您鞠躬，您安息吧。

四

卢明忠叔叔是一位老军人，参加过抗日战争和解放战争，在淮海战役中受过伤，二十世纪五十年代初复员回乡务农，当过生产队长。我上高中时，假期放学就与乡亲们一起在田间劳动，卢叔叔在部队学过文化，对有点文化的人格外看重，爱和我聊天、讲故事，他讲活捉国军将领黄维的情境，他当时在现场，看见黄维穿着破旧衣服化装成农民准备逃跑；他讲他所在的部队驻守一个县城，每过几天总会有一个战士失踪不归，经过侦查才发现一个理发店的理发师有重大嫌疑，原来此“理发师”是敌方特务，专门谋害我军官兵，谋杀现场就在理发店，作案手段很是阴险：理发店下面是掏空了的地下室，是一个深达几米的水池，水里有毒蛇和尖锐石头。理发理到中途，见店内外无人，“理发师”就旋转椅子，将椅子下面遮盖的木板掀掉，猛一下将正在接受理发的战士推下去，再将木板盖上，等待下一位来理发的客人。后来部队处决了这个凶残的“理发师”，算是为死难的战士报了仇。“他们牺牲时都是二十岁左右的小伙子，枪林弹雨都走过来了，却死在了理发店”，卢叔叔说到这儿就哽咽得无法说下去，满眼的泪水往下滴落。他讲了很多故事，都是他亲身经历过的。他口才很好，用很平实的口吻讲下来，绝不夸张，也不伴以手势，只是一字一句地说，像说家常一样地说，却自有一种扣人心弦的力量。我遗憾没有好好采访他，也没有做过任何笔录，当时也确为卢叔叔的经历惊讶和吸引，以为随时都会听他讲述那“过去年代的事情”，反正他就住在我们村子里嘛。后来在我上大学期间，听说卢叔叔病逝，享年七十几岁。一个老兵带着岁月的伤疤走进更深的岁月。诚然，我知道每一个讲述“过去年代的事情”的人，都将变成“过去年代的事情”，但遗憾的是，我曾问过村里的好几个年轻人，问他们知道村里卢叔叔打过仗受过伤的故事吗？年轻人则是一概地摇头，不知道卢明忠是谁。“过去年代的事情”就这样失传了吗？卢叔叔坟头的松树青翠，松针如刚毅手指，遥指土地和苍穹，似在提醒和暗示着什么。我谨在此记下“过去年代的事情”的一点索引，以期后来者铭记那些远去的身影。卢叔叔，我向您鞠躬，您安息吧。

五

李正文堂哥二十世纪五十年代高中毕业，在村上（那时叫生产队）当了几十年会计，是村上百十号人的“管账先生”。据说他账目清楚，很少出过差错，他为人正直，清廉公道，从没在账目上为自己家人和亲戚谋过一分钱私利，从没贪占过集体哪怕是一根稻草的便宜。我高中毕业回乡那年，生产队安排我协助正文堂哥盘点社员一年的工分，那时没有计算器之类，用的都是算盘，我们忙碌了十多天，两架算盘噼里啪啦从早到晚响了十多天，得出的结果让我大为震惊和寒心：即使青壮年劳力，每出一个满勤记工分十分，每十分仅得酬劳一角二分，出勤最多的一位壮年乡亲，全年工分折合人民币四十几元；而那些年老、体弱、有病的劳力，所得工分也就更低，一年下来共计折合人民币有的才一二十元，这就是他们一年劳动换得的血汗钱。正文堂哥为了确保账目明白准确，不让任何乡亲吃亏，每一笔账目都计算到小数点后面的四位数，我至今记得他给一位叫兰正发的乡亲记的账目，一直记到小数点后面的五位数。我说，那么小的数字有什么用呢？正文哥说，他有残疾，哪怕挣一毫一厘都不容易，积少成多，多一点就比少一点好。此时，面对正文堂哥低矮的土坟，我耳畔又响起噼里啪啦的算盘声，想起那小数点后面的五位数……正文堂哥，你生前不多带一根稻草，死后不多占一粒泥土，你是在泥土的深处继续对自己做着减法和除法，把自己除到小数点的五位数之后，直到我们几乎找不到你？正文哥，我向您鞠躬，你安息吧。

六

自民叔叔忠厚一生，热心帮人，“别人需要时，能帮一把是一把”，是他一生的格言。张家的房上有他盖上去的瓦，王家的院墙有他筑进去的土，谁家老人作古，抬棺上山的汉子里，总有自民叔卖力的身影。有一年，一个有小偷小摸毛病的人在他家地里偷挖土豆，被自民叔看见，就咳嗽了一声以示警诫，那人提起篮子就跑，不小心摔倒在水沟里，自民叔急忙把他搀扶起来，见篮子里只有半篮土豆，就返回地里又挖了些土豆装满一篮让他提走，对那人说，以后缺什么说一声，我有的就帮你，再不要这样担惊受怕的。那人从此成为自民叔的朋友，也再无不好的行为。自民叔的好和善良，是天性里的好和善良，不是谁督导出来的，是一种自然现象，我相信他若生在公元前的周朝，生在汉朝，他也是周朝和汉朝的君子和好人。他没有自私自利之心，他没有人我之分，他帮你就是帮他自己，你的难受就是他的忧愁，你的哭声就是他的眼泪，你的安心就是他的宽慰。此刻，他坟上的迎春花、牵牛花正在一个劲儿往相邻的墓地延伸和缠绕，那是他听到了地下谁的声音，要去串门儿问候或帮忙？自民叔，我向您鞠躬，你安息吧。

七

贵元爷爷喜读古书，知道许多历史人物和典故，我上高中时每逢星期天就回家与乡亲们下地劳动，贵元爷爷总爱和我说话，说三国故事，说我们村前后两座古塔的来历。有一次我们在大地湾为大豆锄草，贵元爷爷指着不远处的定军山，向我讲诸葛亮的神机妙算，讲蜀将老黄忠大战魏将夏侯渊的故事，还说老黄忠打磨宝刀的那块石头，他就见过，还立在定军山主峰的那个隘口上。贵元爷爷说：“时间是什么？历史是什么？就是嗖的一阵风，一转身就走过去无数往事，就带走了无数人生。”贵元爷爷，我认为你就是活在民间的哲人和得道高人。“嗖”的一阵风，一转身，你已走了几十年了，但是，你一步也没有走出我的记忆。贵元爷，我向您鞠躬，你安息吧。

八

三娘，是堂叔李三爹的妻子，三娘勤快，能干，脾气好，爱帮忙，能识文断字，读过《三字经》《百家姓》《千家诗》，说话很风趣，偶尔带出几句古诗文，是村里少有的有幽默感、有斯文气的人。我自小叫她三娘，从儿时一直叫到大学毕业，一直叫到自己也有了孩子。每次回故乡还是三娘三娘地叫着，口里叫着三娘，心里就真的觉得有这个三娘，生命里就多了一个娘，多了一份温柔和暖意。记得我四五岁的时候，早晨起来就坐在门前的凳子上发愣，或听屋檐下燕子好听的叫声，那时的乡下小孩都穿着开裆裤，三娘出门下地干活，来去要从我家门前经过，她走到我跟前，就问："娃娃，光着个脚，冷不冷？"就弯下腰来，用手轻轻勾一下小鸡鸡，口里念一句顺口溜："清早起来冷湫湫，小鸡鸡冻成弯钩钩。"又顺手将我嘴边的鼻涕擦了，说一声："你娘还在地里干活哩，过一会儿回来给你做饭。"三娘不到七十岁就走了，听说当时她还在地里割麦子，身子一趔趄，突然倒下去，嘴里还嘟哝了一句："我，我，这是咋，咋回事呢？我，我，这么晕……"头一歪，人就走了。现在看来，三娘是急性心梗或脑梗突然犯了，可能平时身体就有问题，但是，日子贫苦，缺医少药，谁顾得身体的安危情况？许多乡亲们就是这样"无疾而终"，或有病治不起久拖而终。幽默的三娘，你的死一点也不幽默，死神，这个板着脸的过于严肃的神，对柔弱的、清贫的人，下手也这么狠。三娘，你那临终之问："这是咋回事呢？"不只是临终之问，也许是你的一生之问，只不过混沌、朦胧、糊里糊涂地一直盘旋心底，而顾不得解其究竟。生，是咋回事呢？死，又是咋回事呢？三娘的临终之问、一生之问，何尝不是我们每一个人的一生之问？三娘，我向您鞠躬，你安息吧。

九

喜娃，躺在这里的是喜娃吗？你比我大三岁，是地主的儿子，那时我们十岁左右，经常和小伙伴在稻草垛里捉迷藏，你是最好捉的“贼”，其实是你怕我累着，故意暴露了自己让我很快捉住你；你时不时怀里揣半个锅盔或别的好吃的来找我，家里改善伙食有好吃的你舍不得吃完，总要留一点让我分享；在河边我一次次走过柳木桥，跑到河对面孙家湾的柳林里，你留在我们那边的河岸上，我们互相在两岸喊对方的名字，听听自己的名字被对方喊出后飘过河面飘进柳林会有怎样微妙的变化。我喊喜娃，你喊荣儿，喜娃和荣儿就飘过河面传过来，就带了水的湿润、风的柔软和草木的香味儿。后来，你在河里游泳时淹死了，那时你刚过二十岁……喜娃哥，我想你，我向您鞠躬，你安息吧。

故乡在何处

世界纵然很大，
但只有一个地方，
是你的故乡。

每一次回故乡，心总是早早开始忐忑起来，你七上八下的心里，悬着什么呢？其实就悬着一个“怕”字。

以前，怕它老是不变，现在呢，怕它老在变，不停变，变个没完没了。现在，你倒希望它不要变得太多还好一些，至少能变慢一些，最好能守住、留住点什么，守住点老面孔，留住些旧事物。

然而，故乡，与这个乱了方寸的世界一样，已经丢了魂儿，没了定力，失了常性，已无心于守住或留住什么，也可能不知道什么是值得留住的。因为没了内在的心魂，过眼的事物也就失去可以辨认和依恋的心的印痕，一切就都成为可以任意毁弃的“物件”，而不再有值得尊敬的“遗物”或“神物”的品性，除非它能卖钱。

你固执地以为，有老面孔、旧事物的故乡，才是真的

“故乡”。故人、故物、故地、故事，织成一个属于你身体和心灵的故乡。世界纵然很大，但只有一个地方，是你的故乡。它可能很小很小，小到甚至只有三五户人家，只有几块土地一片树林一条小溪，只有几声鸡叫，小到头顶飘过一小片云就能将它遮住。但是，就在这里，这个小小的地方，有你的老根，有你的乳名，有你情感的最初水土，有在夏日黄昏为你避过暴雨的王叔家的屋檐，有给了你不同于他人口音和眼神的那口水井，甚至那棵梨树，它让你最早尝到梨的味道，在你的记忆里，它就是你的恩人。

可是，你每次回去，总会发现，许多故人不见了，故物没有了，故地拆迁了，故事失传了。故乡，在不断消失，在快速变成遗址，不，它甚至不是遗址，因为，有遗物、遗迹留下的地方才配叫遗址。你发现故乡已经消失，甚至消失得很彻底，昔日的故乡，已经变成一则快速失传的传说，变成了乌有之乡。

你当然无法挽留那些故人、那些老人们的离世，王叔叔、李三伯、李家大婶……前些年回家，你还与他们打招呼，聊家常。你和蓝大哥在田埂上相遇，你为他发烟，用打火机点烟，一阵风吹过来，他用手挡住风，他的身子俯下来紧挨着你，嘴贴近你手中的火——几十年前，在你还是小孩子的时候，你放学下田干活，也曾紧挨在他的身旁，他教过你如何插秧的方法，现在，记忆里保存的蓝大哥年轻时的气息忽然重现，只是，此时，紧挨你的这衰老的身体却弥散着黄昏的气息，吸完烟，他缓慢地、礼貌地将烟蒂轻轻丢在田埂上，轻轻地，表示对这根带着旧日情谊的烟火的看重和不舍。那海绵烟蒂，也许还在田埂被泥土掩着，还没来得及转化成别的什么，然而，蓝大哥已去世好几年了，他的骨殖和气息已经被坟头野草连续出示给春雨冬霜。李家大婶，是你母亲的朋友，那年冬天回家，她正好路过你家，她依然是那快人快语的性子，说：他娘，儿回来了，快给做饭，来，我帮你生火，说着，就坐在矮凳子上，把灶里柴火哔哔剥剥点燃了，又帮着往烧烫的铁锅里倒进菜油放了青菜，炒了几下，发现火燃得不旺，李婶就低下头凑近灶火，用嘴，用她那八十岁的肺活量和母性的气流，对着那灶火吹起来。火光映照着一张满是皱纹的慈祥的脸，而今，那张脸已被黑夜收走多年……

那座清朝的石拱桥，早已深埋在高速路的地基下面，不屑于“历史感”的疯了的钢铁和轮胎们，满载着效率和速度，向落日的远方狂奔。那棵三百多岁的老皂角树，已壮烈于一个带电的午后，它三百多圈年轮，三百多张时光唱片，三百多卷史志，连同一代代母亲们沾满皂角香的衣襟和手泽，彻底灭绝，魂消香散。村头那眼宋朝的老井，它收养了流浪的月亮，一千多年了，夜夜都抱着这天上的孤儿，即使有残缺和憔悴，故乡的好奶水，总能把这娇儿养得又白又胖；而你，最初的童年倒影是被这古井收藏，从你衣兜里掉下去的几枚硬币，它知道你心疼，就替你保管着，说好了要在一个有趣的吉祥的日子，淘井的日子，去打捞和认领，同时打捞出那清贫而纯真的记忆；你也曾丢下去一粒石子，试探井水的深浅，顺便问一下历史的来龙去脉，等了好久，才听见水井在低处谦逊地回答：卟——咚，是的，水不懂，在水的外面肤浅飘动着的我们，又懂什么呢？从此，“不懂”，成为你的自知之明，在时光和历史面前，在巨大的宇宙和细小的蚂蚁面前，在远山的苍茫阵列和老屋窗口下那按照植物学原理和美学理想，诗句一样悬挂起来的葫芦面前，你除了尊敬和感激，真的，你对它们的深奥根源和终极之谜，你真的是一点都不懂。如今，那有着深邃涵养和谦逊美德，并且亲口教导过你的，那源远流长的老井，你的乡村好老师，已经作古，那深沉不惊的波澜，那心照不宣的语言，已被现代水泥填平封死，时间和记忆、美德和修养，从此再不荡漾，钢筋和玻璃、金钱和消费的尖锐锋芒，代替了以前温情脉脉的水光。

还有，那个叫作五泉山的离你家不远处的山坡，曾经确有五眼泉，五个好嗓音，五只好眼眸——令人想象那后面藏着五颗美好的心灵，至少，是实实在在藏着五股子好水的，你小时候以及这多半生，总是被这五只明眸、五个悬念，引逗着水灵灵的想象：沿着那五个泉眼走下去，一定会找到深藏于地底的古代的源头，那或许与一个神话有关，与一首古诗有关，也许与一场远比历史还古老的地质事件或天文事件有关，比如，是否，在古老的时候，一次流星雨，降下五颗陨石，凿通了地下五条水脉，而更有可能，那五眼泉的源头，是在远处群山中的某个森林里，当年，李白或苏东坡，不，不一定非得是文人或诗人，很可能就是你平凡的布衣祖先，在远山那森林里，那高峰上，祭过天，敬过神，打过猎，深爱过，祈求过，忧伤过，哭泣过，那眼泪，喜泪或悲泪，和着雨水、雪水和露水，滴滴答答从那山上砸下去，渗下去，一滴滴走过万载千年，一寸寸穿越厚土巨岩，终于，带着那深情或悲苦的记忆，走出地底的长夜，来到你的面前和兔子的面前的，已是这盈盈一汪，这涓涓一泓！它用透明的语言叙述那并不透明的往事，尽管你根本听不明白，但是这并不重要，重要和珍贵的是，在你的故土上和你的岁月里，竟有如此纯真的语言和古老的词源，在讲述着你所不知道的秘密，你的故乡，因为有秘密，有渊源，从而有诗，有故事，有念想，有底蕴，有典故。就凭这五眼泉，你的故乡，就比别的地方，每天都多了五片天空和五个太阳，每夜都多了五个月亮和五条银河，而它们每时每刻都出口成章，字字珠玑，句句诗词，你的故乡，你的一生，因此要比别的地方，多听了多少诗？

然而，五眼泉早已干枯，五只眼睛已经瞎了，大地闭起眼睛，收回目光，是不愿意看见我们，或是害怕看见我们？也许，大地的意思是说，孩子，你的故乡呢？我怎么看不见呢？哦，原来我已经失明。但是，孩子，人或者生灵，哪怕是一株草，一只虫子，怎能没有自己的故乡？就是一片云，一片雾，它也有故乡，它起于沧浪又融于沧浪，它形成于天又归宿于天。你那载沉载浮的身体和心灵，怎能悬空和虚置，怎能没有投奔和归依的故乡？虽说“此身安处是吾乡”，然而，心安处，必有根，而生命之根在故乡。那么，你还有故乡吗？我已失明，我看不见，也不忍看。孩子，你自己看吧，自己寻找吧，自己寻找丢失了的故乡……

故乡的消逝

虽非生离，却是死别，
老根断灭，枝叶何依？
山河不可复识，往事何处寻觅？

一

记忆里，我家老屋门前，菜园边上，磨刀石的位置是固定的，也许是祖父甚至祖父的祖父在世的时候，就确定了这个位置——这个比神坛还要庄重的位置。先人们手中的菜刀、镰刀、锄头、镢头，都被一一打磨出谨慎温和的锋芒，切割着生活的细节，刨挖着土地的情意。石头的粉末伴着铁器的粉末，一茬茬融入泥土，先人们也一茬茬融入泥土。而新换的磨刀石，仍岿然屹立于那个敦厚的位置，磨砺不断降临的日子。

许多年过去了，我仍记得我们家那最后一块青灰色磨刀石，它是父亲从河对岸高高的磨山坡上背回来的。忠实的石头，它忠实于生活的邀请，它笃定于泥土的磁场，它厮守在一个古老家族的堂屋前，直到这个家族不得不随着岁月的激流逐渐解体，它才哽咽着磨完父亲生前的最后一把镰刀，磨完父亲手里的最后一点月光，突然消失，不知所终……

二

天气预报后天有雨，赶明天要割完麦子。放学后与乡亲连夜割麦，割到半夜，镰刀钝了，我跑回家磨镰刀。我用力磨了一阵子，停下，举起镰刀，借着星光用右手食指试试刃口，不错，挺锋利的。我凌空挥了一下镰刀，顿时伐落了一地星光。抬头，猛然看见棱角分明的北斗，冷冷地悬在磨刀石上方，好像也在磨着什么。心里咯噔颤了一下，因要赶紧下田割麦，来不及多想别的。那硕大古怪北斗，却悬在了记忆里，灿然冷然。

此时忽然想起上中学时的那个夏夜，那个状如不规则磨刀石的古怪北斗，想起那夜与我一起割麦子的父亲、母亲、谢婶、杨保元爷爷、杨自民叔叔、卢明忠叔叔、李正文堂哥、苏芳兰堂嫂……都早已谢世。那个夏夜里，在广袤大地上磨镰、割麦、劳作的无数人们，许多都已谢世，不禁愕然，抬头看一眼北斗，心里，咯噔了一下，又咯噔了一下，久久颤着。

三

我的童年哪儿去了呢？我努力回想我把童年存放在了哪些地方。在故乡温柔的稻草垛里，在农历三月野花们殷勤刺绣的芳香田埂上，在河边那盛产鸟声和蝉鸣的柳林里，在兰家营苇花如雪的芦苇荡里，在李家湾拾蘑菇的那个寂静松林里，在村头那个收藏月亮和星星的千年古井里……都藏着我的一部分童年。

前天，我又一次回到故乡，寻找我存放的童年，却听到了一个消息：故乡方圆数十公里，已被房地产商整体收购即将被全部拆迁，然后，浇铸起钢筋水泥轮胎金钱的商业之城，售卖给不再收藏童年不再分泌露水不再生长诗意的荒芜机械的永恒。推土机、挖掘机、搅拌机、切割机、粉碎机等等，所向无敌的现代化机械部队，已将毫无设防的故乡团团围困，啊，我的乡土即将沦陷，我的童年即将灭绝。虽非生离，却是死别，老根断灭，枝叶何依？山河不可复识，往事何处寻觅？我悲从中来，泪如雨下，泪眼朦胧中，我绕着落日里的故乡转了一圈又一圈，绕着记忆里的童年转了一圈又一圈，心里默念：永别了，我的故乡，我的童年。

四

诗人们几千年来用过的无数比兴和意象，全都在我故乡的田野、阡陌、河边、溪畔、林间，鲜活地生长和完好地保存着，从公元前一直保存到昨天下午。

昨天，下午两点，推土机、挖掘机、搅拌机、切割机、粉碎机，排成威武战阵，按照一个月前张贴在村头墙壁上的限期拆迁公告，雄赳赳轰隆隆准时开进村子和田野，将“采采芣苢”“灼灼桃花”“杨柳依依”“燕燕于飞”……拆迁，将陶渊明的鸡鸣桑树拆迁，将杜甫的花径蓬门拆迁，将辛弃疾的稻香蛙声拆迁，将苏东坡的竹子、李清照的芭蕉、杨万里的小荷……统统拆迁，将流传了几千年的田园诗一举拆迁，然后，在诗的废墟上，种植高耸入云的钢筋水泥……我永失了故乡，我的故乡，瞬间成了子虚乌有之乡。

五

狗尾巴草追着少年的背影，一直追到村头，拦在路口，劝他走慢些，转过身看看村庄的面容，要帮他挽留住纯真的春天。少年懵懂、冲动，头仰着，除了膜拜高处和远方，少年不懂得也更不留意脚下、身边的情况，他头也不回地走了。伤心的狗尾巴草，被风遗弃、吹散。接着，水泥追过来，钢铁追过来，城市追过来，彻底斩断了那青翠的尾巴，删除了乡村最后一首深情而感伤的诗篇。

太阳几竹竿高

人与万物是没有距离的，
即使有距离，
也是可以用竹竿去丈量的。

昔日乡间，人在山水田园，草木为友，禽鸟比邻，劳于四时，行于阡陌，歌于水畔；人心纯厚，乡风古朴；日常言语，也多合于自然，脱口而出，就是一派天籁。印象最深的，是一句表示时间刻度的话：太阳几竹竿高。

“喜娃，太阳一竹竿高了，还不去地里锄草？”

“芳芳，太阳离西山两竹竿高的时候，去接你妈妈。”

“那年冬天，唉，那是个什么日子，太阳只剩下半竹竿高的时候，他走了……”

太阳几竹竿高，说的是太阳出山或落山时在天上的位置，是一种刻度，表示时间或时辰。

我猜想这种表示时间的方式一定是很古老了。很可能，古人在使用竹竿的时候，就开始用竹竿比拟太阳在天空的位置。

用一根竹竿丈量宇宙，丈量时间，我们的祖先是多么浪漫和天真。

那时人们手中竹竿的长度，大约也是相似的吧？不然就无法成为“公共尺度”。

我猜想用来丈量太阳表示时间的那种竹竿，要么是在水井里提水或晾衣服的长竹竿，也可能是艄公撑船用的长篙竿。

那多是用一根完整、修长的楠竹做的。

用手中的一根青竹竿去丈量天空也丈量自己的生活，太阳并不在遥远的太空，太阳在他们身边，在他们竹竿附近。

那时候，人与万物是没有距离的，即使有距离，也是可以用竹竿去丈量的。

他们判断时辰，总要抬头仰望，望天，望太阳，望远山，估摸太阳是几竹竿的高度，这“看”和“估”的过程，是无限的大自然进入内心熨帖人心的过程。这时，他们的心，也和大自然在一起了。

他们不是哲人，却是真正的哲人，他们时刻都在“仰观宇宙之大，俯察品类之盛”啊。

望日的人，用竹竿丈量天空的人，肯定有一颗天高地阔的“天地心”。

后来，朴素的竹竿渐渐退出了生活。人们用上了铁、塑料、水泥、沥青。

我没有听见谁这样来表示时间：太阳已出了一铁钎高了，或太阳离落山还有一水泥电竿高，或太阳离落坡还有一根塑料管那么高……真的，我没有听见谁这么说。

铁、水泥、塑料，都没有资格来表示大自然。

只有大自然能代表大自然，仅以时间为例，只有竹竿、鸡叫，能表示大自然中的时间。

那种时间是直觉的、天然的、诗意的，虽然它并不精确。

技术的进步，使我们在自然面前退步。技术带来了福利和方便，但技术取消诗意，理性取消神性。

如今我们不看天穹，不看太阳，没有也没必要用竹竿去丈量时间。

手表、电脑、手机，我们浑身镶满电子的刻度。

我们手中，早没有了那根青竹竿。

太阳很远，漠然地悬挂在天文学家的天空里。

我们的目光，很少在天空逗留，很少到达蔚蓝的高处。

多少次，我想象我是古代的农夫或渔夫，或是云游的僧侣，山居的隐士，我想象：我需要知道时辰，我需要知道自己行走在宇宙中的哪个时刻，于是我抬起头来，仰望太阳，并用竹竿估量它升起和落下的时刻——

我望着我的太阳，望着我的时间，我同时看见了飞鸟、白云，看见了远山横卧的身影，看见了天地宇宙的幻象——我看见这不可穷尽的一切笼罩着并组成了我的苍茫时间。

我从这苍茫天地间走过，穿越万古，到达此刻——

于是我用一根竹竿标出我的时间，为我自己也似乎为宇宙，打上记号……

一个古老村庄消失的前夜

村庄已被团团包围。
村庄一片惊慌。

鸡鸣、炊烟、荷塘、稻香、小院桃花、梁上燕窝、绕村而过的溪流、稻草垛里的迷藏……世世代代，村庄给了人们刻骨铭心的乡风、乡俗、乡恋、乡情、乡愁。

如今，多少个古老村庄，转眼间就消失了。谁知道它们“作古”时的心情？

据估计，三十多年来，在城市化中消失的村庄达九十多万个。

谨以此文纪念那些消失的村庄。

一

这个古老村庄就要消失了。

城市像驾着坦克、装甲车的冲锋军团，一路炮声隆隆，烟尘滚滚；一路占山霸水，毁田掠地；一路捣毁村庄，沦陷乡土；一路铲除绿色，铺张水泥。城市，眼看着扑过来了。

推土机、搅拌机、碎石机、灌浆机、起重机、切割机、升降机、电焊机……用钢铁武装到牙齿的机械化作战部队开了过来。

村庄已被团团包围。

村庄一片惊慌。

古老的村庄没有任何防御体系，要说有什么防御，也就是家家门前菜园用竹子、柴薪、葛藤、牵牛花、丝瓜藤、葫芦蔓搭起的篱笆，这样温柔的“防御体系”，也就挡个鸡呀，鹅呀，甚至鸡鹅也是挡不住的，本来也没用心真挡，挡啥呢，不就叨几口绿叶子吗？这些篱笆，这些防御体系，说白了也就是个柔软的装饰，鸟儿们就常常在上面歇息、跳跃，梳理羽毛，叽叽喳喳说着原野见闻，说着远山近水。从古到今，村庄都有这样的篱笆，“肯与邻翁相对饮，隔篱呼取尽余杯”，唐朝的杜甫也是在这样的篱笆前招待客人，招待诗。

推土机、挖掘机、搅拌机、粉碎机、灌浆机、起重机、升降机、切割机……用钢铁武装到牙齿的机械化作战部队开了过来。

村庄的篱笆，这温柔的防御体系，这诗一样的美好设施，怎么可能阻挡那机械化军团的扫荡呢？

二

王婶、二叔、张爷、喜娃他妈……连夜到村头老井挑水，这是最后一次打水了，孩儿最后一次吃母亲的奶，就是这种难分难舍的心情吧？以后，再不会有这样温暖的怀抱，再不会有这样亲切的乳汁了。

井台上，人们心情黯然，都不说话，是的，诀别是伤感的，怎么会有兴高采烈的诀别呢？是的，这是另一种离乡背井，岂止如此，以后，是再没了乡，永失了井啊。

此时的人们都不说话。

往日的井台，是村庄最温情、最有意思的地方。挑水的人们，在井台上相遇，就要停下来，说家长里短，说庄稼天气，顺便说说家里三餐口味和天下局势；年轻后生遇到老年人，就帮助把井水提上来，后生走远了，走了几十年那么远了，仍感到背上落满老人感激的目光。

村庄里，人们的眼神，是这井水给的，清亮里漾着善良；人们的口音，是这井水给的，柔软里带着清脆；连脾气和心性也是这井水给的，格局不大，但并不局促，底蕴却是细腻深沉；水波不兴，但清澈如镜，胸襟能容纳天光地气。从村庄里进出的人，血脉里都循环着一股清水，氤氲着深深浅浅的日子。滴水之恩，以涌泉相报，是村庄做人的伦理；

厚道和本分，是村庄里对人品的最高评价。其实，你若要分析住在这里和从这里走出去的人们的性情和品德，分析到最后，你会发现，他们的内心深处，都藏着一口清流不断的深井。

过些年总要淘一次井，淘井，就是给井洗澡沐身，井底、井壁、井口、井台，来一次全面彻底的清理维修。淘井，这是村庄的盛大节日，大人喜悦，孩子欢笑，连村庄的狗受了感染也跟着人们四处撒欢，瞎起哄。淤泥、瓦片捞上来了，云娃妈的发卡、喜娃婆的手镯、李三爹的旱烟锅捞上来了，井台上一阵笑声和惊呼。有人就说：这井可是个好管家啊，贵重的物件、小孩偷偷扔下去的瓦片，它都好好保管着；接着，又捞出清朝的几枚铜钱、民国的几个银圆，那是先人挑水时不小心从衣兜里掉下去的，以往淘井没淘到底遗留下来，人们就想象那弯腰提水的古人长什么样子，想象他当时怅然的心情，就感叹，这井还是个收藏家，收藏着时间的遗物；井壁上砌着唐朝的砖，宋朝的石头，明朝又加进一些片石，井沿上抹着当代的水泥。啊，这井，浑身上下都是历史，它是一个历史学家，不，它就是历史。老老少少的人们，就感到了一种久远、幽深的东西，对井水，对生活，又增加了一份敬意……

今夜，此时，人们挑水，但没人说话。井台上，月光安静均匀地铺着碎银；井里，那轮祖先留下的月亮，笑眯眯地望着天上的另一个自己，但他并不惊讶自己水里的身世，井一直把他抱在怀里养啊养，几千年都保持着白净的容颜和雍容的神韵，他等待着那熟悉的身影，他等待着出水的时刻，他等待着那荡漾着又复静止的感觉。

天真的月亮不知道，今夜，这是他最后一次在清水里亮相，这是他最后一次和村庄约会。明天，村庄将被机械捣毁，水井将被水泥封死，照了千年的镜子，从此永失；村庄连同她收养了千年的月亮，从此永别。

三

绕村而过的小溪，此时还哼着一首古老民谣，转弯的时候就换个曲儿，换些词儿，这样唱了多少年月，村庄的各种心情都有了对应的调儿；有时不声不响，那是它在平缓地回忆起什么，而此时此刻，单纯的溪水并不知道，溪边的人家忆想起多少往事，并陷入好景不再好梦不长的惆怅伤感之中。

往年往月往日，溪水都一路唱着，从竹林里穿过去，从桃花树下漾过去，从大柳树旁绕过去，亮晶晶的手里，就捧几枚竹叶，带几片桃花，牵几缕柳絮，送给前面戏水的孩子，送给那位洗衣的大嫂，送给村东头爱坐在溪边歇凉的王家大伯。

溪上的小木桥，是一根柳木横放在流水之上，水波儿唤醒了它的灵性，水花儿撩拨着它的春梦，一觉醒来，柳木发了绿芽，一根柳木竟抽出数十根柳条。村庄的孩子，一睁开眼睛打量，就认识了一种被迫躺下也不忘生长的树，这个意象隐隐约约影响了他们对“站立”和成长的理解；老去的人们，从一根木头的来生，看到了死与生的意味，对迟早要来的“那一天”有了别样的感受，并因此不再恐惧，而有了些许慰藉。柳木桥，因此成为村庄的一个有趣地名，也成为出门在外的人们心里一缕总在发芽、总在返青的记忆。

二叔，张妈，小翠……许多人并不相约，各自默默来到溪边，默默地再过一回柳木桥，过去了又过来，在柳木桥上一寸寸走着，生怕几步走完；久久站在桥上，久久地，站在一段柔韧的记忆上，是啊，怎么舍得离开呢，桥下面温情的流水，流走了多少日子，收藏着他们多少倒影啊。

以后，不，就在明天，这一直围绕村庄歌唱的溪流，她的歌喉将被猛地扼断，歌声怆然而止。一首古歌顿时成为绝响，永远失传；人们生命中的一泓清水，从此断流……

四

大哥悄悄走进屋后的竹林，一个人站了许久，月光从竹叶缝隙洒下来，在他的身上写着一个个“竹”字，在竹子面前写竹字，每个字都形全而神真。平时，中学毕业的大哥是喜欢在劳作之余写几笔毛笔字的，这给辛苦的生活带来了几许乐趣，写字时桌子就放在后门外的竹林边。此时，月光全神贯注临摹满眼的“竹”字，微风拂叶，竹林里外一片竹影竹声竹韵。大哥小时候喜欢吹笛子，最初的几支笛子就是用竹林里的竹子自己仿作的，自产自用，自吹自赏，在笛声里度过了短笛无腔信口吹的童年。他的情感世界和美感世界，笼罩着竹影竹韵，竹林构成了他内心里最葱茏的部分，明天，就再没有这片竹林了，今夜，他要和竹子们在一起待一会儿，最后一次陪陪竹林，最后一次感受这竹影竹声竹韵，最后一次感受竹的意境……

五

小菊记得很清楚，门前三棵桃树，大些的那棵是结婚前就有的，与他谈恋爱的那些日子，就经常到树下站一会儿，说些热乎乎的话。那个春天，桃花开得正浓，风一吹，满地堆红，就如读中学时语文课本里李贺诗里写的那样，“桃花乱落如红雨”，他竟感叹起时光匆忙、青春苦短，学生腔里竟盛满了激情和伤感……当他们一脸羞红抬起头来，树上的桃花已被一阵大风全部吹落了，桃树的上空，天蓝得还像公元前那么蓝，而人世的春天正在疾步走远。他们竟一时无语，恍然有了天上一瞬人间千年的幻觉。

那两棵小些的桃树，是嫁过来后他们两个亲手栽的，作为结婚的纪念。后来有孩子了，树看着孩子长大，孩子看着树长高，孩子上学了，一次次与桃树比个子，还把自己的名字和爸妈的名字用裁纸刀刻在三棵树上，刻上去的都是每个人的小名，大的那棵是爸爸树，中等的那棵是妈妈树，小的那棵是娃娃树，是他的树。一家人的小名儿都在树上，有时，他还把一些神秘的符号画在上面，那符号的含义只有他自己懂得，有的庄重，有的迷乱，那不像是随手画上去玩的，可能有着青春时光的特殊内涵和象征。树带着一家人的名字，带着青春的手迹和秘密往高处长。三棵桃树，成了她家门前的风景，也有着心灵的寄托。

她靠在树上，每一棵树她都靠一会儿，她是最后一次和心爱的桃树交换体温和心事……

六

白天已把耕牛卖了，谈好价钱，牛贩子接过缰绳，牛知道这双陌生的手要把它牵出院坝之外，牵出土地之外，牵出农业之外，牵出青草之外。牛哭了，浑浊的泪眼望着主人，望着老院子。有什么法子呢？牛啊，我也要被城市的铁手牵走啊，再见啦，老王伯看着远去的牛，悄悄哭了。

鸡栏还在，空空的，十几只鸡，公鸡，母鸡，小鸡，黄昏时都处理了，因为，我无法带着田野的露水和村庄的炊烟进城，我无法牵着一头猪进城，我无法在城市为一声牛哞为一片蛙歌为一串鸡鸣申请一个户口，我只能把你们“处理”了。分别前，几只母鸡呱呱呱陆续从麦草窝里跑出来，下了几个蛋，它们不知道这是最后的纪念，是送给我们的最后礼物。几只公鸡准时鸣叫报时，还扇着翅膀伸长脖子想用力叼起下沉的落日。它们不知道，这次报告的，不只是日落的时刻，更是永别的时刻，呀，最后一声田园的鸡叫，最后一次村庄的日落。

夜深了，谁还在村庄老屋前久久徘徊……

图书在版编目（CIP）数据

总有喜鹊待人来 / 李汉荣著 . -- 北京 : 北京联合出版公司 , 2022.5（2023.3 重印）
ISBN 978-7-5596-6104-3

Ⅰ . ①总… Ⅱ . ①李… Ⅲ . ①散文集—中国—当代
Ⅳ . ① I267

中国版本图书馆 CIP 数据核字（2022）第 051572 号

总有喜鹊待人来
作　　者：李汉荣
出 品 人：赵红仕
创意监制：耿懿凡
策划编辑：徐佳汇
责任编辑：张　萌
版式设计：张　敏
责任编审：赵　娜

北京联合出版公司出版
（北京市西城区德外大街 83 号楼 9 层　100088）
北京华景时代文化传媒有限公司发行
北京文昌阁彩色印刷有限责任公司印刷　　新华书店经销
字数 123 千字　　880 毫米 ×1230 毫米　　1/32　　10 印张
2022 年 5 月第 1 版　　2023 年 3 月第 2 次印刷
ISBN 978-7-5596-6104-3
定价：49.90 元